レディ・ヴィクトリア

謎のミネルヴァ・クラブ

篠田真由美

講談社
タイガ

イラスト――下村富美
デザイン――大岡喜直（next door design）

レディ・ヴィクトリア　謎のミネルヴァ・クラブ　目次

登場人物

ヴィクトリア・アメリ・シーモア（ヴィタ）——先代シーモア子爵夫人。複数の筆名を使い分ける著述家、小説家。
ローズ・ガース——ハウスメイド、デヴォンシァ出身。15歳。
ミス・シレーヌ——レディズメイド、フランス人？
ミスタ・ディーン——執事、アイルランド人？
モーリス——小姓、インド人。
リェン——料理人、中国人。
ベッツィ——キッチンメイド、アメリカ南部生まれの黒人。

レディ・ヴィクトリア

謎のミネルヴァ・クラブ

第一章

怒れる女たちは復讐《ふくしゅう》を誓う

読者諸氏よ、ここに筆者がお示しするのは決して虚構ではない。まったくの事実ともいえぬが、事実無根の絵空事にはほど遠い。否、むしろほとんどの記述が事実に基づいているからこそ、万が一にも差しさわりの無きよう、ペンに多少の曲を加えている。なにとぞその意をお汲《く》み取《と》りいただき、いたずらに扇情的場面を描いているとのご非難は、しばしお待ちいただくようお願い申し上げる。

それは深夜、ロンドンの中心部からもさして遠からぬ郊外に残る、無残に崩れかけたカトリック教会の廃墟《はいきょ》の地下である。黴臭《かびくさ》さ漂う空《うつ》ろな地下墓堂《クリプト》の闇《やみ》に、妖《あや》しく揺らめく数本の蠟燭《ろうそく》のかそけき炎。その光におぼろと照らし出されるのは、石の円卓を囲んで座る十人ばかりの女たちだった。

顔は見えない。白い紙の仮面にうがたれた三つの穴から、双眼と血の気の失《う》せた口元だけを覗《のぞ》かせている。身には一様に黒いマントを纏《まと》い、長い髪を解いて振り乱し、だが石卓の上に揃《そろ》えて置かれた両手の白さが、銀のカトラリ以上の重いものを持つことは稀《まれ》であろう、彼女たちの階級を表してしまっていた。

この仮面の淑女《レディ》たちが、どのようにして選ばれここに集っているのか、それを明かすのはいま少し後にしよう。彼女たちはまだ、だれひとり口を開かない。息さえひそめ、わずかに横目で周囲をうかがいながらも、石と化したかのようにじっと身体《からだ》を硬くしている。

「さあ、どなたから話していただけるのかな?」

そう口を開いたのは、白い仮面の女たちではなかった。円卓から少し下がった位置に、高い背もたれのある石の椅子《いす》に掛けた女がいる。身を包むのは他の女たち同様黒いマントだが、頭部には羽毛で作られたフクロウの仮面をつけていて、双の角《つの》のごとき羽角《うかく》を立て、紅を引いた唇《くちびる》と冷たく光る眸《ひとみ》ばかりが現れていた。

「どうされた。訴えたいことがおありではなかったか。ここに集うたは、それぞれ胸に思うところをお持ちの方のはず。そうして黙っていても、なにも始まりはしませぬよ」

その声に混じる嘲《あざけ》りの響きが、丁重に扱われることに慣れているやんごとなきご婦人たちの耳を不快に刺激したに違いなかった。

「あ、あなたは、こちらの事情などすべてご存じではありませんの?」

中のひとりが顔を上げて、震える声で反問するのに、

「ご自分から心を決めることも、それをことばにすることもせぬまま、ただ救われたいというのか。それはずいぶんと虫の良《い》い話だな」

ホホッと、フクロウの喉啼《のどな》きめいた声で笑う。

「あなた方が本当に、胸の内に怒りという獣を飼い育てておられるなら、それをはっきりとことばにして、ご自分の口から出されるべきではないか。そうしたならば私も、あなた自身を助ける道をお教えせぬものでもない」

淑女たちのためらいの沈黙は、長くは続かなかった。初めにまだ若々しい、娘らしい声の持ち主が思い切ったように、すすり泣きながら自分の苦境を訴え始めた。家庭教師《ガヴァネス》として住みこんだ家で、教え子の兄である男に日夜つきまとわれ、掻《か》き口説《くど》かれ、結婚の約束と引き替えに身体を許してしまった。だが約束は反古《ほご》にされ、主《あるじ》に訴えるとふしだら女と罵《のの》しられその場で解雇されてしまった。

「その上私は妊娠してしまいました。これでは仕事を探すこともできません。両親はすでに亡く、頼れる血縁もなく、このままでは身を投げるよりありませんの」

ひとりが口を開けば後はたちまち、誰もが先を争って話し出す。

父亡き後、残してもらったはずの遺産を後見人の叔父に使いこまれ、母は病身、妹はいまだ幼く、叔父一家の使用人のような身に置かれている。

横暴な父親に財産目当ての結婚を強制され、恋人と逃げたが引き戻された。

結婚して二十年、二十回夫の子をみごもったが、爵位を継ぐ男子はひとりとして成長せず、疲れ切った身を「おまえが悪い」と日夜責められる。とうとう夫は彼女と別れて、男児を期待できる若い愛人と再婚するといい出した。

それとは逆に結婚して以来六年間、夫が彼女をベッドに迎え入れないままだ、という訴えを口にする女もいる。夫は男色家ではないが、女にならぬ前の十一、二歳の少女にしか愛を覚えられないといって、彼女には指一本触れないままなのだという。裁判で結婚の不成立を訴えることも考えたが、そのためにはずいぶんな費用がかかる。しかも医師の診察を受けて、自分が処女のままだということを証明してもらい、その診断書を法廷に提出せねばならない。夫の手すら知らぬ身が、赤の他人の目に素肌を晒《さら》す——そこまで聞いて他の女たちも、さすがに「まあそれは」と息を呑《の》んだようだったが、

「夫は、私にそんな勇気があるはずがないと思っているんです。別れたいなら止めないが、黙って自分が悪いように、こそこそと出て行けと嘲《ちょう》笑《しょう》されました」

と、嗚咽《おえつ》を洩《も》らすのに、またすぐ他の女がしゃべり出す。

「でも裁判という方法があるだけ、まだましじゃありませんの。あたしの夫など、自分は外に愛人を持って好き勝手をしていながら、あたしには根も葉もない不義の罪を言い立てて、まだ小さな息子を置いて家を出て行けと」

「それだったら、夫の指図で暴漢に身を汚されたあたくしの方が、よほどひどい目を見ておりますわ。証拠はありませんの。でも間違いなくあたくしへの意趣返しなのですわ」

「私の夫はインド軍の将校で、あちらでした女遊びで恥ずかしい病《やまい》を持ち帰って、それを私に伝《う》染《つ》したんです」

「聞いてくださいな。父が亡くなれば領地も住み慣れた屋敷《やしき》もすべて、放蕩《ほうとう》し放題の兄のものになり、私は家を出て行かなくてはなりません。ただ、私が女だから。女には爵位も不動産の相続権もないから」

仮面が慎《つつし》みを忘れさせるのかもしれれぬ。髪を振り乱し声を荒らげ、バッカスの信女のように我も我もと訴える、その罪人はすべて男、それも身近な夫や父や兄がほとんどだ。フクロウの仮面の女はしばし無言のままその口々の訴えを聞いていたが、

「それであなた方はどうなさるおつもりか。そのまま泣き寝入りを?」

冷たい水を浴びせられたように、女たちは一斉に口をつぐんだ。そのまま仮面の目穴から、ちらちらと互いの顔を探り合っていたが、

「どうすればよいと、おっしゃいますの?　なにか、私たちにもできることが?」

髪を半《なか》ば白くした老婦人が、思い切ったように小声で尋《たず》ねるのに、

「よいとはいわぬ。だが、いまご自身が置かれている状況を変えたいと心より望まれるならば、思い切って動くしかないではないか。他のだれかがどうにかしてくれるのを待っているのではなく、自分から立ち上がる、行動する。違うか?」

「まあ、でも」

「私たちのようなか弱い女が、なにをすれば物事を変えられるのでしょう」

「本当に——」

フクロウの仮面の女は答えない。無言のままじっと、灰色の羽毛の顔から女たちの上に目を据えていたが、やがて両手を石の肘掛《ひじか》けに音立てて置くや、ぬっとその椅子から立ち上がる。彼女の背が驚くほど高く、黒いマントの襞《ひだ》に包まれた身体が堂々とたくましいことに、女たちは初めて気づく。

「女は、かつて女神であった」

託宣するかのように、低くその声は流れた。

「女王であった。太陽であった。人々は女を崇《あが》め、女にすがり、女のことばに神の声を聞いたのだ。その力を奪い取り、翼をむしり、くびきを負わせて狭い家に閉じこめたのは、男であった。女よ、汝《なんじ》らが父と呼び、夫と呼ぶ男たちだった。汝らを弱きものと呼び、そう信じさせたのは男の呪《のろ》いであった。汝らの深き愛が鎖であり、誓いがおのれを縛る鉄の手枷足枷《てかせあしかせ》であった。

いまこそ女は目を覚まし、立ち上がらねばならぬ。偽りの愛をなげうち、我が魂を貶《おとし》める誓いを反古となせ。汝らを虐《しいた》げてきた男たちを、自らの手で裁き罰を与えるのだ。傷には傷を、痛みには痛みを、侮辱には侮辱を。決してためらってはならぬ。汝らはその試練に耐えられるほど、強く賢いのだから」

黒い襞の中に沈んだ右手がふたたび現れると、そこには二の腕を超えるほどの鋭い短剣が刃《やいば》をきらめかせている。

「我がもとに集い、同志とならんものは立て。この短剣に触れて誓うのだ、姉妹たち」

「あ、あなたはッ」

「我は夜の娘、復讐の女神ネメシス・アドラステイア。我が姉妹たちの名は、『怒れる復讐の女神同盟』なり」

「きゃーっ、すごーい、カッコいいいッ」

長椅子の上に寝転がったまま、自分の読み上げている文章に自分で興奮して、足をばたばたさせているのはキッチンメイドのベッツィ。

「そんなに暴れると、落っこちるよ」

ローズがそういっても、

「だあって、この復讐の女神って、すっごくグッと来るじゃん。アタシもう、断然ファンになっちゃうッ!」

一八八六年の八月、ロンドン。ヴィクトリア女王の治世も来年にはついに五十周年を迎えようという大英帝国の首都の西郊外、チェルシー地区の、小さなカトリック教会で行き止まる袋小路《ふくろこうじ》アンカー・ウォーク。ここはその南側を占めるテラスハウス内の、地下にある使用人ホールだ。地下といっても窓の外はかなり広い空堀《エアリア》になっていて、風も通れば陽の光も感じられ、夏の季節にはひんやりとして居心地が良い。昼食の後、ベッツィとローズはのんびり半日休みの土曜日をそこで過ごしていた。

料理人のリェンさんと小姓《ページ》のモーリスは、お向かいの住人ミス・アリス・コールマンに付き合って買い物に出ている。ミス・アリスはコックになって自分のレストランを持つのが夢だとかで、最近はリェンさんに料理を習ったり、野菜や肉、魚の目利きを教わりにきたりしているのだ。執事《バトラー》のミスタ・ディーンは一階の銀器室でエプロンを掛けて、ナイフやフォークを磨いている。奥様のレディ・ヴィクトリアは、予定外の来客とはいっても、旧知の若い友人ミス・アミーリアを、二階の応接室で接待している。レディズメイドのミス・シレーヌもそこにいるはずで、お茶のお代わりが必要なら連絡が来るだろう。

ベッツィは、ミスタ・ディーンが見れば「品がありませんな」と一言のもとに切り捨てそうな、毎号一ペニーの絵入り小説新聞に熱中していて、頼んでもいないのに大声でそれを読み上げてくれるのだが、ローズはふるさとからの手紙を前に返事を書きあぐねている。母亡き後、父に兄、まだ幼い妹ふたりと弟の一家を世話する一番上の姉、セアラからの便りは、いつものように家族の無事を伝え、ロンドンにいるローズを気遣《きづか》うやさしいものだったけれど、その姉の恋人、ミスタ・クリストファ・マンクからの手紙もローズのところには届いていた。一度別れて再会したふたりが、いまも互いを思っていることはわかっている。ミスタ・マンクは何度も姉に求婚しているけれど、定職のない植物学者は貧乏だし、姉は家族を置いて彼と結婚するわけにはいかない。結婚して家で同居するにしても、村にミスタ・マンクの仕事はない。

彼から届いた手紙には、オーストラリアに渡るなら語学教師の職があるが、セアラがうんといってくれないのだと書かれていた。ローズがメイドを辞めて村に戻ってくれれば、セアラも彼と結婚して一緒にオーストラリアに行ってくれるだろう。はっきりと書かれてはいないものの、それが彼の希望だということはローズも承知している。セアラ姉も心の内では、そうして欲しいと思っているのかもしれない。

(でもふたりには悪いけど、あたしはまだロンドンで働きたい——)

下のきょうだいを学校へやるためのお金が欲しいのと、行方不明だった兄を探したいというふたつの目的のために、ふるさとを出てきたローズだった。そのロンドンで思いがけず、素晴らしい雇い主と同僚たちに恵まれて、窮地に陥っていた兄を助けることもできた上に、ただお給金が目的ではない、一生懸命働いて、自分が必要とされる嬉《うれ》しさを知った。村の父やきょうだいたちは家族だけれど、この家の使用人たちもいまではローズの大事な仲間だ。けれど血は繋《つな》がっていないのだから、仕事を辞めれば関係は切れてしまう。それは絶対嫌なのだ。

だがローズが拙《つたな》いことばを並べてみても、この気持ちは姉にもミスタ・マンクにもうまく伝えられそうにない。そしてミスタ・マンクは、ローズがロンドンで遊ぶ楽しさを覚えたから、村に帰りたくなくて、姉を犠牲にしているのだと思い始めているらしい。それが少し辛い。

「ねぇローズ、でもさあ、アタシほんとにこの『復讐の女神同盟』があったらいいなって思うよ。だって女は女ってだけで、絶対いろいろ損させられてるもん。こんなことばっかり続いてたら我慢できない、仕返ししてやるってなっても当然じゃない？」

長椅子に寝転がったままこちらを見て訊《き》くベッツィに、

「うん。でもその小説の女の人たちって、みんな上流階級の人でしょ？　最近はアフリカやアジアへ探検に行く女の人とか、女にも選挙権を与えろって論じている女の人もいるって、奥様は話してたけど、そういうことをしているのもみんな、中流から上の階級の人だけだよ」

「そうだね。その日暮らしの労働者やアタシらメイドは、働くだけで精一杯で、それ以外のことに割《さ》く時間なんてないもんね。ま、アタシらはマァムのおかげで楽してるけど」

ウフッと肩をすくめてみせたベッツィは、

「でもさ、レディたちも親父《おやじ》や亭主が悪いやつだと、いろいろひどい目に遭うってここに書いてある。それにいい家のお嬢さんは、お目付役《シャペロン》無しじゃ外も歩けないし、コルセットに帽子、キッチキチの子山羊革《キッド》の手袋もつけなきゃいけない。気持ちも身体も不自由でたまんないよ。それくらいならアタシ、レディじゃない方がいい。ジンに酔っ払って女房殴るろくでなし野郎は、そばに寄せなきゃいいんだし。っていうか、アタシは絶対結婚なんかしないから。男無用！　自分の野望を叶える方がずうっと大事だもんね！」

ベッツィの『野望』は最近やっと知った。彼女はいつか一人前の菓子職人になって、ロンドンの目抜き通りにお店を出したいのだという。ミス・アリスがレストランを開く方が先だったら、デザート係になってもいいけど、やはりいずれは自分の店を持ちたい。お菓子を売るだけでなく、美味《おい》しいお茶や飲み物を出して、お客をもてなせる洒落《しゃれ》た応接間のようなお店を作りたい。そういって目を輝かせるベッツィが、未《いま》だになんの目標も持てないローズには少しまぶしかった。

「でもベッツィ、お嬢様でもミス・アミーリアは、ずいぶん自由にやってるよね」

「うん。今日だって約束無しにいきなりのご訪問だもんね」

「例によってお伴《とも》のリジーもなし。いいのかなあ」

「それより今年の社交シーズンも過ぎちゃったのに、まだ婚約が整わないって。アタシらが心配することでもないけど、きっとお祖母《ばあ》さんはカリカリのイライラだよ」

うちの奥様は先代カレーム子爵の未亡人で、紛れもない上流の人だけれど、後妻だし、生まれはアメリカだし、義理の息子である現在のカレーム子爵には嫌われていて、ロンドンに暮らしていても社交界には一切顔を出していない。だからアミーリア嬢のお祖母様、レディ・アルヴァストンは、可愛《かわい》い孫娘がこの家に出入りすることを、決して喜んではいないはずだった。侍女のリジーは半分共犯だから、うるさい保護者の目をかすめ、好きなときにこの家に遊びに来ることもできているのだけれど。

貴族の令嬢は、さっきベッツィがいったとおり未婚のときは厳重な籠《かご》の鳥だが、母親がすでに他界しているミス・アミーリアは、祖父母の甘い監督のおかげで、平均的なお嬢様と較べてはかなり例外的な自由を謳歌《おうか》しているようだ。結婚すれば夫の人柄にもよるが、逆にいまほどの勝手は利かなくなるだろう。彼女が婚約者探しを焦らないのも、そのためかもしれない。

「まだ結婚したくないって気持ちは、わかるけど」

「あれえ。ローズはミス・アミーリア贔屓《びいき》？」

「そういうわけじゃないよ。でもさ」

「だってちょいわがままじゃん。自由も身分もお金も全部欲しい、なんてさっ」

お話の中の、男にひどい目に遭わされるレディには同情するベッツィでも、現実のお嬢様にはそう甘くはなれないらしい。男仕立ての乗馬服にヴェールをかけたトップハットをかぶり、いつも颯爽《さっそう》と現れるミス・アミーリアは思わず見とれるかっこよさだが、ご自分の都合で奥様を振り回しているように見えることもあって、ローズにしてもそれが少しもやもやする。今日だって、ご執筆のお仕事が詰まっているとおっしゃっていたのに、その時間を削ってお相手しているのだから――

そのとき、階上から奥様のあわてたような声が聞こえてきた。

「待って、アミーリア。それは無理よ、いくらなんでも。そんなことをしたら、よけい話がこじれるばかりだわ」

このテラスハウスには、いくつかの部屋の間に伝声管が作られている。この声は応接間のグリーン・ルームから伝声管を通して聞こえてきたのだ。普通使わないときは蓋《ふた》をしてあるから、上の話し声がそのまま聞こえてくるはずはないのだが。

「もう、マダムったらおかしいわ。日頃はあんなに果断で勇敢でいらっしゃるのに、どうしてそんな怖《お》じ気《け》づいたようなことばかりおっしゃるの？　ミイラの呪いは怖くないのに、生きたお年寄りのご機嫌が心配だなんて変。見たところは老いた軍神アレスのように、厳《いか》めしい方だけれど、お話しすれば案外さばけたところもあって、別に恐ろしくはないわ。マダムとも直《じか》に顔を合わせれば、きっと誤解が解けると思うの」

「アミーリア、アミーリアったら！」

そして二階でドアの開く音に続いて、軽やかに足音が正面階段を降りてくる。ベッツィは立ち上がった。緑のフェルト布を張ったドアを開けて、一階の玄関ホールに通ずる階段を素早く、でも足音は殺して駆け上がる。当然ながらローズもすぐ後に続きながら、

「どうするの、ベッツィ」

「だあって、マァムがあんな声出すなんて普通じゃないもの。なにがあったか、じっとなんかしてられないよ！」

それでもさすがに上のドアを開いて、そのまま飛び出すような真似《まね》はしなかった。階段の一番上で立ち止まると、唇に指を当てて「静かに」という身振りをしながら、そおっと押して隙間《すきま》を作り、そこに顔を押し当てる。ローズも身体を低くして、ベッツィの下から玄関ホールを覗き見た。階段の下に、たったいまそこを降りてきたらしいミス・アミーリアの、紺と赤と白の訪問ドレスが見える。奥様の姿は見えないけれど、その代わり奥のドアが開いて、ミスタ・ディーンが現れていた。銀器磨きのときにつけるエプロンは外し、いつもの黒いジャケットとベスト、ピンストライプのボトムにブラック・タイをきちんとつけていたが、さすがに手を洗う暇はなかったらしく、銀磨き粉で赤くなった指先を、目立たないように腰の前で組み合わせていた。

「お帰りでいらっしゃいますか、ミス・アミーリア」

奥様のただならぬ声を聞きつけて現れたにしても、彼の謹厳な、金縁眼鏡《きんぶちめがね》をかけた大理石像とでもいいたい顔は、なんの表情も見せてはいない。

「ええ。でもその前にこの招待状、どうしてもマダムに受け取っていただきたいのだけれど、お気が進まないようなの。あなた、言付かってくれない？」

ミスタ・ディーンは無言のまま、ちらっと視線を斜め右上に上げる。それは階段の方向で、覗き見ているローズたちの視界の外だが、そこに奥様がいるのだろうということは、見えないでもわかった。

ミスタ・ディーンの眉間《みけん》にわずかに縦皺《たてじわ》が現れ、視線をミス・アミーリアに戻しながら、一文字に引き結んでいた唇の端《はし》がほんの少しばかり下がった。これがつまり上品な執事の見せる「遺憾《いかん》ではございますが、主人はあなた様のご要望に添うことを拒んでいるようでございます」という意味の表情なのだ。ミス・アミーリアは「あらまあ」と笑った。

「いきなりそんなことをいわれて、あなたも困る？　だったら簡単に説明しておくわね。マダムとは先週、ナイル河水源の旅を終えて帰国した女性冒険家、レオーネ・コルシ嬢の講演会でご一緒したわ。その後の茶話会で、ミス・コルシが数年前のエジプト旅行中に入手してロンドンにいる義理の父上に送ったミイラに、怪談じみた話がささやかれている、というのが話題になったの。なんでも夜中に目を覚ましたミイラが、棺《ひつぎ》を抜け出してさまよい歩くというのよ。

ミイラはとっくに代理人の手で、よその好事家《こうずか》に売られていたそうだけど、ミス・コルシもそれは聞き流せない、いまの持ち主の許可を得られるなら調べてみたいということになって、それにマダムが興味を持たれた。そんな不思議なミイラなら自分も見てみたいって。だったらというので、わたしが心当たりに尋ねてみたら、いまの持ち主が判明して、幸いご招待をいただくことができたということなの。ね、マダム。わたしのいうこと、間違ってはいないでしょう？」

「アミーリア、でもわたくしはそのミイラの持ち主がだれか、知らなかったのよ」

奥様の、少し疲れたような声が聞こえた。たぶんこれまでも、何度もそのことは口にしておられるのに違いない。でも、ミス・アミーリアは全然気にしていないようで、

「そんな、マダムが気になさることはないでしょう？　長らく皇太子殿下《プリンス・オブ・ウェールズ》の侍従武官を務めてこられたロード・ペンブルックが、病を得てこの春から休職されて、温暖な南海岸にこじんまりとした別荘を隠居所として手に入れられたら、そこに前の持ち主が購入したくだんのミイラがあった。幸いペンブルック伯爵は、わたしの祖父のロード・アルヴァストンとも古くからの顔見知りで、わたしもまだ髪を上げる前の子供時代にお目にかかったことがあるの。もちろんご夫人のレディ・ペンブルックも存じ上げているわ。

新しく手に入れた別荘をお披露目《ひろめ》する、ウィークエンドパーティよ。ロンドンから鉄道でほんの数時間、金曜にうかがって月曜に戻るだけ。伯爵は健康を害されていることだし、ものものしいことは一切無し。わたしたちの他はご家族と、伯爵の妹さんご夫妻と、古いお友達と、その息子さんが二、三人。部屋数も限られているから同行の使用人はひとりのみで、といわれたわ。だからわたしも連れはリジーだけだし、ミス・コルシはひとりでいらっしゃるということだった。

ええ、マダム。もうミス・コルシからは承諾をいただいているのよ。マダムもおいでになるといったらとても喜ばれて、ぜひまたエジプトとアフリカ中部の旅の話の続きをしたい、楽しみにしています、とおっしゃったわ」

「おお、アミーリア……」

「でもロード・ペンブルックが、壮健でないことは事実のようなの。ご本人は最後まで、引退を承諾しなかったのだけれど、レディ・ペンブルックやお嬢さんたちが心配して、とうとう女王陛下からお口添えいただいて、取《と》り敢《あ》えずは半年休職して静養するということで、ようやく納得させたらしいの。そんなわけで今回の招待状をいただくには、わたしも結構強くお願いしなければならなかったのに、いまから行けません、というわけにはいかないわ。来週なんですもの」

いつかベッツィもローズも、覗き見しているのを忘れ、ドアは顔の幅まで開いてしまっている。頭を上げ、手を広げて、玄関ホールの中央に立ったミス・アミーリアはまるで舞台上の主演女優のようだ。そうして可愛らしく首を傾《かし》げ、甘えた声でささやけばたいていの願いは叶うと思っているらしい。そんなミス・アミーリアの『お嬢様らしさ』が、ローズの目にはまぶしくもあり、同時に少々癪《しやく》にも障《さわ》る。階段の途中で立ち止まっている奥様も、困惑したように苦笑を洩らしながら、

「でもアミーリア、招待客にわたくしが含まれていること、ロード・ペンブルックはご存じないままなのでしょう？　もしも知っていらしたら、承諾なさるはずがないわ」

「どうして？　伯爵のお嬢様と結婚されたのがロード・シーモアで、マダムの亡くなられたご主人、前のロード・シーモアの息子さんだから？」

そのことはローズも、この家に働き出して一年三ヵ月のいままでの間に、少しずつ聞いてきている。シーモア子爵夫妻は、幾人かの子はもうけたものの不仲で、子爵は妻をロンドンに残したままめったに戻らなかった。その子爵がパリで出会ったのが、まだ少女のような年頃の奥様で、以来おふたりは師と弟子のように世界中を旅し、そこにはやがて愛が生まれた。レディ・シーモアが儚《はかな》くなられると、子爵は奥様を後妻にされたが、その三年後に子爵は亡くなり、爵位を継いだ先妻の息子トマス・シーモアは、奥様を父を惑《まど》わせた悪女として忌《い》み嫌《きら》っている。そして奥様は、彼の目を憚《はばか》って社交界には一切足を踏み入れられないのだと。

　使用人たちもみんな承知している。でも、もちろん口には出さない。奥様には責められることなどなにもないにしても、世間の目を避けて静かにお暮らしになりたいのがご意志なら、それを尊重して守るのが務めだ。なのにミス・アミーリアは、その奥様が一番触れて欲しくない部分に、ずかずかと遠慮会釈もなく足を踏みこんでいる。いくら奥様が心を許す若い親友ではあるにしても、そういうのは止《や》めてもらいたいと思っているのは、ローズたちだけではあるまい。ミスタ・ディーンも、奥様の後ろに立っている侍女のミス・シレーヌも、使用人の分を守って沈黙してはいるが、内心は地団駄を踏みたいほどの気持ちでいるに決まっている。

（だけどまさか、お嬢様に向かって黙《シャット・アップ》れなんていうわけにもいかないし……）

奥様は、ひとつ吐息をついて目を上げた。

「ええ、アミーリア、そうなのよ。ロード・シーモアとレディ・シーモアは、わたくしのことを快《こころよ》く思っていらっしゃらない」

「でもそれは、どう考えてもあちら様の方が間違っているのじゃありませんか」

「人間の感情に、正解も不正解もないわ」

「けれどペンブルック伯爵ご夫妻までが、同じ考えとは限らないでしょう。マダムはまだ、ご夫妻のどちらともお会いになったことはないんですもの、そうして敬遠していたらなにも変わらないわ。現にこの招待状にも、正式の文体できちんと書かれてありましてよ。『ペンブルック伯爵とペンブルック伯爵夫人は、前シーモア子爵夫人が当家のウィークエンドパーティに、アルカディア・パークまでご来臨くださいますようお願い申し上げます』って」

「アミーリア」

「よく考えて、いいお返事をくださいね」

いつものように颯爽と、乗馬帽からヴェールをなびかせて馬を駆けさせていくミス・アミーリアを、使用人一同ため息をつきながら見送ったのだったが、その夜の使用人ホールの話題は、いうまでもなくそのことだった。

「へえ。まったく困ったお嬢様だなあ」

一渡り、留守の間にあったことを聞かされて、鼻の頭を掻きながらそういったモーリスに、ベッツィが「なに呑気《のんき》なこといってんのよッ」と噛《か》みつく。ミスタ・ディーンとミス・シレーヌはいない。上階で奥様と、きっとその話をしているのだ。

「困ったなんてもんじゃないってば。超メーワクだよ、ミス・アミーリア。もう、今度あの人が来たらアタシが出て、居留守使わせちゃおうかな！」

「でもさ、うちの奥様にはなんにも後ろ暗いことはないんだから、招待されて逃げ隠れる必要は無いんじゃないかなって、俺は思うんだけど」

「なにいってんのさ、モーリスは。なにされるかわかんないんだよ。それも泊まりがけのパーティなんてさ、危なくて行かせられないよッ」

十五歳のベッツィが、三十九歳の奥様をそんなふうに心配するのも、少し変のようで、必ずしもそうとはいえない。強くて賢くてきれいな奥様は、でもときどきローズの目にも頼りない小さな女の子のように見えることがあるのだ。武器を持った悪党の前でもひるまないくらい勇気がおありなのに、亡き子爵がらみのことになると急に気弱になってしまわれる。結婚する前は子爵と一緒に旅はしても、後ろめたい関係ではなかったというのに、ふたりの旅行がイギリスでゴシップ新聞の記事になったために、奥様は子爵の愛人だったと世間では信じられ、シーモア子爵夫人はふたりを恨み続けて亡くなったのだという。そのことが、いまも奥様には消せない心の傷となっているのだ。

だけど招待を断るなら、ミス・アミーリアがなんといっても「行かない」ときっぱり答えてしまえばよかったのに、そうしなかったということは、まさかミイラが見たいからではないだろう。ペンブルック伯爵と会って、味方になってもらえるかもしれないと、そんなことも考えられたのだろうか。

（うん。もちろんそうなればいいんだけど……）

「それにさ、動くミイラってどんなのか、ちょっと気になるじゃないか」

「あ、それはアタシも見てみたいかも。でもさあ、動かないよね、ミイラ」

「まあな」

「ミイラって、見たことあるの？」

ローズが訊くと、

「いつか、マダムが大英博物館に連れてってくれたな」

「うん。アタシもそのとき見たけど、別にそう面白いもんじゃなかった」

「ガラスのケースの中に、茶色くなった包帯でぐるぐる巻きになったやつがずらっと並んでたっけ。ローズは見たい？」

ローズはあわててかぶりを振った。そんなの見たくない。全然見たくない。

「ね、インドにはミイラってないの？」

「ああ。でも呪われた死人が食屍鬼《グール》になって、墓地で死体を食らうとはいうぜ」

「うそお」

「そいつらにしたらミイラは鱈《たら》の干物みたいなもんかもな。ガリガリ、ボリボリッ」

「きゃっ。いやだもうモーリスは、気持ち悪いこといって！」

ふたりの話はいつものように、どんどん関係ないことに逸《そ》れていって、最後にはなんの話をしていたのかわからなくなってしまったが、翌朝になるとびっくりしたことに、奥様はそのご招待に応じるという話になっていた。それも、ひとりだけのお伴はミス・シレーヌではなく、ローズだという。ハウスメイドではなくレディズメイドとして、三泊四日の滞在中の奥様の、身の回りのお世話をする。

「だっ、だって、ミス・シレーヌ。あたし、列車なんてロンドンに来たときが初めてで、一等車なんて一度も」

「ミス・アミーリアと侍女のミス・リジーが、同じ列車で行くことになるそうです。なにも心配は要りません」

「でも、どうしてミス・シレーヌじゃなく、あたしなんですか？」

「奥様のために、しなくてはならない仕事が他にあるからです」

いつものように、無駄なことは一切口にしないミス・シレーヌの、知らなければいっそ意地悪かといいたいくらい、凛《りん》として取りつく島のない麗貌《れいぼう》だ。それでも半泣きになっているローズの肩に軽く手を置いて、

「心配することはありません。だれでも最初は初めてです」

と続けたのは、彼女にしては格別の親切だったのだろうが、ローズにとってはあんまり慰めにならない一言だった。

第二章

金色《こんじき》の雌獅子《めじし》は高らかに笑う

五月から始まったロンドンの社交シーズンは、七月末でほぼ終わって、舞台を地方へと移す。八月初めに南部のワイト島で皇太子も参加するヨットレースが開かれた後は、いよいよ銃猟《シューティング》のシーズンが始まるからだ。八月十二日からは赤雷鳥《あからいちょう》、二十日からは黒雷鳥、九月一日は山鶉《やまうずら》、十月一日は雉子《きじ》。狩り場はスコットランドで、昼は屋外の猟、夜は数日間泊まりがけのパーティとなる。銃を手にするのは紳士たちのみだが、同行の婦人たちも屋外のランチ以降は参加し、シャンデリアの輝く高天井《たかてんじょう》の下から、秋の初めの青空のもとに場を移して、未婚の令嬢たちの夫探しゲームは継続される。

「たぶんアミーリアの保護者であるレディ・アルヴァストンは、どこか有望な花婿《はなむこ》候補が数多く出席する銃猟パーティに、彼女を連れて行くつもりでいたのじゃないかしら。そして彼女は彼女で、そんなお祖母様の心づもりを避けるために、ロード・ペンブルックの招待を持ち出したのでしょう。本当に、困ったお嬢様だこと」

前の晩、旅支度の荷造りを眺《なが》めながらそう苦笑していた奥様だったが、旅立ちの朝になるとミス・アミーリアからの電報が届いていて、一緒に行けなくなったという。

「お祖母様、レディ・アルヴァストンのお顔を潰《つぶ》さぬために、一日だけご招待いただいた先へ顔を出さねばならないのですって。でも土曜には必ず行きますから、とあるわ。仕方ないわねえ」

奥様がそういわれるのだから、メイドのローズが文句をいうわけにもいかない。それでも駅までは、大小のトランクと帽子箱合わせて十個の山とともに、ミスタ・ディーンとモーリスがついてきてくれた。でもふたりは一等車の個室にそれを積み上げると、さっさと降りていってしまい、ゴオッと音立てて汽車は動き出す。あわてて窓から外を見ようとしたが、駅はたちまち遠ざかっていく。

テムズ河南岸の場末の街並みを抜けると、車窓の風景は緑の田園へと変わった。ロンドンに馴《な》らされた目に、空が驚くほど広い。これが先に不安のない、そして頼りになる導き手のいる旅だったら、ローズはどんなにか気楽に、その景色を楽しめたろう。だが、これは遊びではなくお仕事なのだと自分に言い聞かせるより以前から、彼女の胸は不安ではち切れそうなほどだった。

経験も無いに等しい列車の旅で、ただひとりの使用人として奥様にお仕えしなくてはならない。それだけでなく、行き先は奥様を歓迎しているとは信じにくい貴族の館。奥様を無理強《むりじ》いに連れ出した令嬢は、一日遅れで同道しない。しかもローズの耳には、昨夜荷造りの合間にミス・シレーヌが耳元でささやいたことばが、焼き付いたように残っている。

「あなたのよく見える目を常に見開いて、奥様と周囲に注意を払っていてください。頼みましたよ」

ミス・シレーヌはそういったのだ。もちろんあわててローズは聞き返した。

「それじゃやっぱり、行った先で奥様の身になにか起こると思うんですね？　教えてください、ミス・シレーヌ。なんですか？　どんなことが起こるんですか？」

「それはわかりませんし、なにも起こらないかもしれません。私の気にしすぎだったら、いいと思います。でも最悪のことを想定しておけば、いざというときそれに対処することは可能ですから」

「だったらやっぱりあたしじゃ無理です！　あたしひとりじゃなんにもできません！」

それだけでローズは震え上がって、泣きそうになってしまったが、

「だいじょうぶ。あなたはひとりではありません、ローズ」

「じゃ、ミス・シレーヌ、一緒に来てくれるんですか？」

「そうできたらいいのですが、ローズ、最初にいったように、私は他でしなければならないことがあります」

「だったら……」

「私が、あなたはひとりではないといったのは、そこには私たちのご主人、レディ・ヴィクトリアがいるという意味です」

一瞬ローズは、そのことばの意味がわからなくてポカンとしてしまったけれど、

「レディ・ヴィクトリアは、使用人の手を借りなくてはなにひとつできない、お人形のような淑女方とは違います。それはもう、あなたにもわかっているでしょう、ローズ?」

「あっ、はい。それは」

「だったら心配しすぎずに、旅を楽しむことです」

(それ、無理です、ミス・シレーヌ。どう考えても——)

奥様がいつものように、毅然《きぜん》としていながら陽気でいてくださったなら、ローズももう少し心丈夫でいられたかもしれない。けれどミス・アミーリアのあの来訪以来、ご様子がいつもとは少し違っているようなのだ。いまも車室のシートの背に頭をもたせかけて、ぼんやり窓ガラス越しに外を眺めていらっしゃるが、日頃と違って表情に力がない。なにかに心を奪われて、放心しているとでもいった風だ。話しかけたくてもきっかけがない。

不安というのとはまた別の、やるせなく所在ない気持ちで、ローズはうろうろと車室の中に視線をさまよわせる。泊まりがけのホームパーティに出かけていくレディは、膨大な量の衣裳《いしょう》を持参する必要があると聞いた。そもそも一日一度の正餐《せいさん》のときには、毎晩違うイヴニングドレスを着ることになる。その他、日曜日には教会に行くための晴れ着。昼間の普段着としてのツイードの上下。少しゆったりめのお茶会服。馬に乗るなら乗馬服。それぞれにふさわしい帽子に靴、アクセサリ。

奥様は、ひとりでは着られないたぐいの服は極力仕立てないということだったし、これでもレディの身支度としてはずいぶん荷物は少なめだという。そうはいっても、服装のことで奥様が恥を掻くようでは困るから、持ち物を減らすにも限度がある。奥様の衣裳と装身具の管理は侍女の役目だ。ミス・シレーヌと一緒にトランクの中身を最終確認して、ローズは必死にその細目を覚えこみ、覚えきれないことは小さな帳面にメモした。荷物にも頭の中で番号を振ってある。積みこみはモーリスとミスタ・ディーンがしてくれたが、到着した駅で降ろすにはポーターを頼まねばならない。そのとき盗まれたり、忘れられたりしないように。

膝《ひざ》の上に載せた小さな手提げの中身は、細い鉛筆がついたメモ帳と畳んだハンカチーフ、チップ用の小銭を入れた革財布と、ラヴェンダー水を入れた小さなガラス瓶《びん》。それから親指と人差し指で作ったほどの大きさの銀の三日月がひとつ。それは今朝、モーリスが「お守りだよ」といって手渡してくれたものだ。

「俺はキリスト信者じゃないから、異教徒のお守りなんて気味が悪いかな」

「そんなこと、あるわけないよ」

ローズはあわててかぶりを振った。

「モーリスは、『月の家系のクシャトリヤ』なんでしょ？　三日月はそのしるし？」

いつか聞いた、意味のわからないことばを繰り返してみせると、

「覚えててくれたんだ」

彼は白い歯を見せて笑った。

「だったらそれ、身につけておいてよ」

よく見たら月の端の方に、細い紐《ひも》を通せるくらいの輪がついている。鎖も革紐もないけれど、なにか紐を見つけてコルセットの留め具《バスク》に通せば身につけられるだろう。今朝は出かける間際で、その時間が無かった。いまもまさか奥様がいる前で服の下に手を突っこんで、ごそごそやるような不作法はできないから、今夜まで待つしかないけれど、モーリスが自分を心配してくれたんだと思うと、それだけでも嬉しい。

そのときようやくローズは、重ねられたトランクの間に畳んだ新聞が挟まっているのに気づいた。引っぱり出してみると、それはベッツィが大好きなあまり品の良くない挿絵入りの新聞で、『怪奇、エジプト・ミイラの呪い』と、なんともおどろおどろしい見出しが、すぐ目につくように折って出してある。見出しの下には壁に立てかけた人型棺の蓋が開いて、ミイラが目を開き、包帯をひらめかした腕を伸ばして歩き出そうとしている、かなり下手くそな絵が添えられていたが、肝心の記事は大した内容でもなく、王家の某殿下の側近であったロードなにがしが、病と老齢のためにこのほど引退されたが、彼の購入した豪華な隠居所には、なぜか呪わしい因縁《いんねん》のあるミイラが所蔵されている、という意味のことが、妙にもったいぶった文章で書かれているだけだ。

「あら、そんな新聞があったの？」

　ぼんやり物思いに耽《ふけ》っているとしか見えなかった奥様は、ローズが手にしていたものに目敏《めざと》く気がつかれた。「見せて」といわれて急いで差し出したが、

「あのお、奥様はエジプトにも行かれたことはあるんですよね？」

「ええ、ローズ」

「ミイラの呪いって、本当にあると思います？」

　すると奥様は口元に笑みを浮かべ、ちょっとイタズラっぽい目をして、

「ローズはどう思って？」

「ミイラって、大昔に死んだ人ですよね。死んだ人は最後の審判までよみがえらないって教会で聞いたけど、エジプトの人はキリスト教徒じゃないし、モーリスがインドには死人が起き上がってなる化けものがいるって。でも、よくわかりません。本当のところは」

「そうね。この世界では、『こういうことは絶対にあり得ない』とはなかなか断言できないものなのよ。『こういうことがある』という証明は、そのあることを持ち出せば証拠になるけれど、逆のことは、いままではなくても、いつかそれが起こる可能性はあるって、言い張ることはできるでしょう？」

「あ、ええと、はい」

　ローズは、奥様のことばについていくだけでいっぱいいっぱいだったが、

「でも、宗教のことは別ね。そこでは信ずる人にとって、信じたことは証明不要の真実だから。古代エジプト人は、死んだ人の身体をミイラにして保存すれば、その人は不死の存在となると信じていたらしいわ。そのミイラを未来まで安全に保つために、山のようなピラミッドや巨大な地下墓地を造ったそうなの。わたくしたちにとっては不思議な信仰だけれど、キリスト教だって異教の人から見ればずいぶん不思議な教えでしょうから」

不思議だろうか、とローズは首をひねってしまったが、

「だって、考えてもみて。神の子が人間の女の身体から生まれて、殺されて三日後によみがえる。ずいぶん不思議じゃなくて？」

教会の牧師様が聞いたら啞然《あぜん》として、下手をしたら卒倒してしまいそうなことを、奥様はこともなげに口にする。

「でも、それは神様の奇蹟《きせき》ですから」

「もちろんそうよ。特別なことを奇蹟というのよ」

「イエス様は特別じゃないですか」

「そして奇蹟、特別なことは幸いにも滅多《めった》に起こらない。でしょう？」

「ええ、それは、もちろん」

「だからエジプトのミイラが絶対に起き上がらないとは断定できなくても、滅多に起こらないことなら、そんなに心配する必要はないんじゃない」

奥様はニコッとしてローズを見たが、手にしていた新聞にもう一度目を落とすと、今度は口元をきゅっと曲げてみせる。

「ただね、この新聞記事が暗にほのめかしているのは、古代エジプトの呪いよりもう少し生々しいことだと思うの」

「なまなましい、ですか？」

「ええ。つまりミイラをエジプトで手に入れてイギリスに送ったミス・レオーネ・コルシと、ロード・ペンブルックにはひとつ関わりがあったの。ナイル河水源の旅を成功させて先月ロンドンに戻ってきたミス・コルシを、王立地理学協会に会員として受け入れ、講演を依頼するという提案が出ていて、でも結局それはお流れになった。わたくしが先日アミーリアと参加したのは、その代わりに有志が企画した私的な集い。地理学に新しい知見を加えた素晴らしい功績だって、参加した学者も絶賛だったのだけれど」

「それじゃ最初の講演会は、どうしてお流れになったんですか？」

「会員の中に、強固な反対意見を唱えて引き下がらない人がいたからよ」

「どうして反対されたんですか？」

「ミス・コルシが女性だから」

ローズはぽかんと口を開け、それからやっと聞き返した。

「女性だから。それだけで？」

「ええ。ひとたびご婦人連の参加を認めてしまうと、伝統ある学術団体がぺちゃくちゃおしゃべりに牛耳《ぎゅうじ》られるお茶の会に堕してしまいかねないといってね」

「そんなの！　馬鹿《ばか》みたいなおしゃべりで時間を潰すのは、女性とは限らないのに」

「まあ。本当にあなたのいうとおりね、ローズ」

　奥様はようやく、声を立てて笑ってくださった。

「女はか弱いから冒険旅行なんかできないし、頭も男より劣《おと》るから大学にも行くべきではない。強すぎる運動は女性の肉体を損《そこ》なって出産能力を失わせるし、高等教育は純真さや素直さを奪う。女性の務めは子を産み家庭を治めることで、学術研究の団体に男と同等の資格で参加させるなんてあり得ない。それが反対論者の意見。その急先鋒《きゅうせんぽう》がロード・ペンブルックだったというわけ」

「だってその冒険旅行を、やり遂げて戻ってきたんじゃないですか、ミス・コルシは。それに、奥様だって」

「わたくしの旅は、冒険というほどのものではなかったのよ。でもミス・コルシについてはそう。だけどそうすると今度は、そんなことのできる女はまともなレディではない、ふしだらな悪女、娼婦《しょうふ》も同様のやからだといい出すの。女はこれこれができない。だからできた女は普通の女ではない。根拠も無しに決めつけておいて、今度はそれを理由に、自分の基準からはみ出た者を切り捨てるのね」

「それってひどいと思います」

ローズはいよいよ憤然となった。

「そう、ひどいのよ」

「それじゃミス・コルシは怒って当然だけど、つまりペンブルック伯爵様を呪っているのは、ミイラよりもミス・コルシだって、この新聞の記事はいいたいわけですか？」

「さもなければ、講演中止という恥辱をこうむった女冒険家が、呪わしい伝説のあるミイラを病身の伯爵の側に置かれるよう画策した、淫靡《いんび》な嫌がらせとして。そんな深読みもそそらないことはない。もちろんなんの根拠もない邪推だし、間違っても抗議とかされないように、こんな漠然とした書き方をしているのよ。でも格別隠していることではないから、ミス・コルシを巡る事情に通じている人間ならだれでも、それくらいのことは想像するでしょうね」

「でも、ミス・コルシも伯爵様から招待されているんですよね」

「そうね」

「だったら伯爵様は、仲直りをされるおつもりなんでしょうか」

「アミーリアはそう思っているみたい。わたくしとも。だから彼女は好意で、強引にわたくしを連れ出そうとしたのよ。わたくしと伯爵が顔を合わせれば、過去のことなんかすべて水に流して親しくなれると信じて」

だが奥様の口調は、到底それに賛成しているようには聞こえなかった。ローズが遠慮がちにそう尋ねると、奥様は「ええ」とうなずいてみせられる。

「伯爵も七十を過ぎて、この春には一度倒れられて侍従武官の職をいまは休職中というのだから、少し気弱になっておられるというのは考えられるけれど、そういうときの殿方って、逆にかたくなになる場合も少なくないと思うのね。本音はどうであれ、弱気になったら負けだ、みたいに。だから、そういう期待はしていないわ。別にわたくしから議論を吹きかけなどはしないけれど、だからといってこちらがなにか悪いことでもしたように、頭を下げるつもりもないの」

「でも、だったら奥様、なんで行くことにされたんですか？」

ローズは思い切って尋ねた。

「あたし、てっきりお断りになるんだと思ってました」

使用人の分際で、立ち入りすぎているという気はしたけれど、答えられない問いならそうおっしゃるだろう。そして奥様は、なんといおうかちょっと考えているみたいだった。でもすぐに顔を上げて、真《ま》っ直《す》ぐにこちらと視線を合わせると、

「あなたには、いおうかいうまいか迷っていたのよ。変に怖がらせてしまったら可哀想《かわいそう》だし、ただのイタズラかもしれないし。でもこうしてふたりだけで出かけてきた以上、わたくしの承知していることを隠すのは止《や》めるわ」

「はい――」

　そんなふうにいわれると、実はかなり怖い。やっぱりなにか、特別な理由があって奥様は気持ちを変えられたのだと思って。でも、まさか一度尋ねておいて「やっぱり聞きたくありません」とはいえないし、ローズが耳を塞《ふさ》いだからといって、それが無くなるわけでもない。

「あの翌日、切手の貼《は》られていない封筒が一通、玄関ドアの隙間に差しこまれていたの。手紙の現物は置いてきたけれど、中の文面はこんな風だった」

　奥様は手持ちのバッグの中から手帳を取り出して、さらさらと書き付けたページをローズに見せた。

『ヴィクトリア・アメリ・カレーム・シーモア女史を、智慧《ちえ》の女神の殿堂にお招きいたしたく、アルカディア・パークにてお待ち申し上げます。当方よりのご連絡をお待ちくださいますよう。　ミネルヴァ・クラブ姉妹一同』

「アルカディア・パークというのは、ロード・ペンブルックの隠居所がそう呼ばれているらしいの」

「でも、ミネルヴァ・クラブってなんなんですか？」

　なんとなく、ベッツィが読んでいた絵入り新聞の中の、『怒れる復讐の女神同盟』みたいだ、とローズは思ったが、それはとんでもなく見当外れな想像ではなかったらしい。

「そういう名前の、女性だけの秘密クラブがあるというのよ。女性に不利な相続法や家族法の改正から、権利拡張、教育の機会均等、投票権や被選挙権の付与といった政治的主張の流布、政府への働きかけ、さらには女性を迫害する男性への復讐の請負《うけおい》までしているという、ほとんど面白おかしい噂話だけど、根も葉もないとはいえない。一定の業績を挙げた旅行家が、女だからというだけで講演を拒否される国ではね」

「そういう小説を、ベッツィが読んでましたけど」

「ええ。あれは毒々しいスリラー仕立てだけれど、良くも悪くもそういう存在が話題になるくらいには世間に広まりつつあるのね。その中のひとつとしてささやかれているのが、『ミネルヴァ・クラブ』。どこにクラブの本部があって、だれが会員かもわからない。別に危険な結社なんかじゃなくて、政治的目的があるわけでもない、上流階級の有閑婦人たちが、男性のホワイツやクレイグといった社交クラブの真似をしているだけだともいわれているのだけれど、本当のところは不明なままなの」

「だけど、ペンブルック伯爵様は男だし、その隠居所として買われた建物にクラブがあるはずはないですよね？」

「そうね」

「そのクラブに、奥様も入りたいですか？」

いいえ、と奥様はかぶりを振られた。

「女性の権利拡張運動に興味はあるし、女性同士の交流の場もあっていいと思うけれど、上流夫人の単なる社交クラブなら御免被《ごめんこうむ》りたいわ。でもなんのために、わたくしなんかのところにお誘いが来たのかは少し気になるの。それがただのクラブならかまわないのだけれど、万一、物騒《ぶっそう》なことも辞さないような人たちだったら、アミーリアが変な巻きこまれ方をしていたら困るし」

そういった奥様の口調がどことなく言い訳っぽく、まだなにか、隠しておられるように聞こえたのはローズの気にしすぎだったろうか……

名前を聞いていた駅に着いたのは、そろそろ夕刻といっても、まだ夏の陽はさほど低くはなっていない時刻だった。ローズにとっては故郷を出て以来初めての列車の旅で、ずいぶん時間がかかったような気がしていたが、ロンドンからはほんの数時間というところ。そんなに遠くまで来たわけではない、と思うと少しだけホッとする。

手提げの中にしまってある、モーリスがくれた銀の三日月に触れてみる。ロンドンからそう遠くないということは、ローズが頼みに思う人たち、ヴィクトリア奥様に仕える使用人仲間からも遠くないということだからだ。まさかとは思うけれど、なにか起きたら助けを求めに走るのもできなくはない。でもそんなことになったら、後に奥様をひとり残していくことになるから、よっぽどのことでもないと。

（ああもう、あたしったらつまらない取り越し苦労ばっかりしてる。そんなのなんの役にも立たないったら――）

駅の外には迎えの馬車がいることになっていたが、週末パーティに来た貴婦人の荷物としては平均を大きく下回るとはいえ、山積みのトランクと帽子箱を運び出すにはポーターが要る。まずそれを探しに行かなくちゃと気を揉《も》んでいたローズだが、ミスタ・ディーンが列車に乗るとき車掌に頼んでおいてくれたらしい。鉄道会社の制服を着たポーター数人がやってきて、さっさと仕事にかかる。旅行前に新調していただいた裾《すそ》の長いスカートに手こずっている間に、奥様はその中のひとりにチップを渡すのまで済まされていた。

奥様にそんなことまでさせてしまうなんて、あたし、レディズメイド失格、とローズはめげたが、奥様がチップを渡していたポーターの後ろ姿が、ロンドンにいたポーターとやけに似ている気がしておかしな気分になる。背はすらっと高いけど、女の人みたいに、白くて細い首筋が帽子の下で目立っていた。でもそんなこと、いくらなんでもあり得ないよね。

「あの、奥様」

訊こうとしてもその暇がない。先に立って車室を出、だれの手も借りずにステップを下りてホームを歩き出している奥様の後を、あわてて小走りに追ったローズは、いきなり正面から聞こえてきた大声にぎょっとしてつまずきかけた。

「チャオ、ヴィタ！」

奥様も負けじと声を張り上げる。

「レオーネ！」

ローズがやっと追いつくと、小柄な奥様とそれよりずっと背の高い金髪の女性が笑いながら抱擁《ほうよう》し合っている。背が高いだけでなく肩幅も広ければ胸も厚い、なんとも堂々たる体格の女性で、声もその身体つきに見合って大きい。

「あなたもいま着いたの、ナポレオーネ？」

「ノ、ノ、ノ。私はブライトンから海岸線に沿って馬で来たんだ。イギリスに来て二十年以上になるけど、この国の中はろくに旅行していなくて、有名な白亜の断崖《だんがい》もまだ見ていなかったたって思いついて。それでさっきアルカディア・パークに着いて、貴女《あなた》の列車がもうじき着く時刻だって聞いたから、馬車を借りて一走り走らせてきた。だからほら、私の髪も服もすっかり潮風臭いだろう？　でもちゃんと晩餐《ばんさん》用のドレスは一着だけれど用意してきたから、それについてはご心配なく」

「ほんと。あなたときたらこの陽射しの中で、ヴェールもかぶらないのねえ」

「太陽は私の友人だよ、ヴィタ。エジプトの蒼空《そうくう》に君臨するのとは較べようもない、こんな弱々しい陽射しに帽子もヴェールも要るものか。このとおり、エジプト人並みにすっかり日焼けしているんだもの。髪だって焼けて色が抜けてこのとおりさ」

細かく波打ちながら肩に余る金髪を掻き上げ、大きな口を開いてミス・コルシがからからと笑うのに、駅頭を行《ゆ》き交《か》う人も、駅員も、馬車の馭者《ぎょしゃ》連も、度肝を抜かれた顔でこちらを振り返っている。だが実際そのあたりかまわぬ笑い声無しでも、彼女は周囲の注目を浴びずにはいなかったに違いない。

年齢はいくつくらいか。若々しくは見えるものの、三十は越しているだろう。目元には細かな笑い皺が見える。しかしイギリスでは、場末の娼婦か市場の野菜売りのおかみでもない限り、成人した女性が街頭で大きな口を開いて笑ったりはしないものだ。その開けっぴろげな取《と》り繕《つくろ》わない表情は、むしろ子供のものだった。

縮れた豊かな髪は、一度はまとめて結っていたのかもしれないが、とっくに崩れて好き放題に乱れている。女性の乗馬姿にはつきものの、小さな山高帽が乱れた髪の上に乗っているが、どうやってそこに留めておけるのかローズの目には見当もつかない。その髪に囲まれた顔は、本当に小麦色に日焼けして、でもその肌色が目鼻立ちの大きな派手な容貌《ようぼう》によく似合っているものだから、生まれつきにしか見えない。

その上着ている服がまた、男性服風のツイードの上着に襟元の白いスカーフはまだよいとして、下半身はスカートではなく、膨《ふく》らんだトルコ風のズボンの裾が膝丈の乗馬長靴の中に押しこまれている。女性のズボン姿はブルーマー女史の改良服として本のイラストで見たことはあったが、実際に着ている人を見るのは初めてだ。

ローズだって冬の寒い時期には、ペティコートの下に膝下丈《ひざした》の下穿き《ドロワーズ》をつけるが、それはつまり下着だ。まさか白昼に下着紛《まが》いの姿で出歩くなんて。ローズはさすがに目を丸くしたまま、まじまじとそれを凝視してしまったが、もちろんミス・コルシは気に留めた風もない。それは奥様もで、

「着易《きやす》そうな服ね、レオーネ」

「騎馬旅行には悪くないよ。横鞍《よこぐら》も必要ないし、身体を真っ直ぐに向けて、正しい姿勢で騎乗できる。ヴィタ、横鞍は好き？」

「好きな人なんているのかしら」

「そうだよね。ミセス・イザベラ・バードだって、ハワイ諸島ではブルーマー服を着て馬に真っ直ぐ乗ったというし、でもコメディア・デラルテの道化みたいなだぶだぶのブルーマーより、私の服の方がずっと見栄えもいいし動きやすいんだ。もともとは短めのオーバースカートが附属していたんだけど、邪魔だから捨てた。この子が今日のお伴《とも》？」

「ローズ・ガースと申します」

あわてて両手でスカートを摘まみ、膝を折って挨拶《あいさつ》する。

「ふつつか者ですが、どうぞよろしくお願いいたします」

「おやおや、礼儀正しいんだな。こちらこそ。さあ、行こうか。といってもこの馬車は、ペンブルック伯爵家からの借り物だけど」

ミス・コルシが手にした短鞭《たんべん》で指し示した馬車は、二頭立ての軽快な無蓋《むがい》四輪馬車だ。見事に毛色も体格も揃えた青毛馬が二頭、轡《くつわ》を並べている。

「馭者がいないけど、あなたが？」

「もちろん。さあ、乗って！」

ミス・コルシは一段高い馭者席に座り、その後ろの座席にローズは後ろ向き、奥様は前向きに腰かける。残る場所に荷物を全部積み上げたら、かなり窮屈な思いをすることになりそうだ。装身具を入れた一番小さなトランクだけはローズが膝の上に抱《かか》え、それ以外は人を頼んで届けてもらうことにする。ハイッ、と手綱を鳴らすと、よく整備された土の道を馬車は軽やかに走り出す。

「この前の、青いドレスの美女ではないんだね」

「シレーヌは虫歯が痛むのですって」

奥様は平然とそんなことをいわれる。

「それはお気の毒。私は野獣並みに歯が丈夫なんだ」

振り返ってこちらを見ながらまた笑う口元から覗く歯は、本当に真っ白でまばゆいほどだ。金色の縮れ毛は風にさらに乱れて、そこに夏の陽が当たってきらきらと、天使の光輪みたいに光っている。ミス・コルシってエジプトの壁画の中の女神様みたいだ、とローズは思う。奥様の図書室で、きれいな色つき挿絵の本を見たから。

「ミス・アミーリア・クランストンは、一日遅れるんだって？」

「そうなの。わたくしも今朝電報で知ったのだけど」

「でも、ロード・ペンブルックもお見えになるのは明日だって。だからいまアルカディア・パークにいるのは、レディ・ペンブルックと、姪《めい》のミス・ジェラルディンと、後はロード・ペンブルックの妹さんご夫妻。それとなんとかいう若い男」

「まあそう。招待客を集めておいて主が遅れるというのは、そんなにお行儀のいい話ではないわね」

「ヴィタ、それは貴女の本音ではないのだろう？」

「レオーネ、子爵未亡人は身持ちが堅くてお行儀にはうるさいものなのよ」

「おーやおや、貴女ときたら本当に楽しい人！」

背を向けたままのミス・コルシの笑い声が、いっそ小気味よいほど高らかに聞こえる。

「私は未婚で良かった。そしてどうしても結婚しなけりゃならなくなったら、できるだけ早く未亡人になりたいな。あら、呆れたかい。可愛いメイドさん？」

「えっ、いえ、その」

ミス・コルシとは背中合わせに座っているのに、なんでローズの表情がわかったんだろう。

「あんまりわたくしのメイドをいじめないで、レオーネ」

「これは失礼。でも、万事率直なのが私の生き方なんだ。私は人間じゃない、雌《めす》ライオンだもの」

ローズはまた「えっ」と声を上げそうになる。そこに奥様が、

「社交界のパーティでは、珍しい異国人や特技のある芸術家を特別に招くことがあるの。そういう人のことを『ライオン』と呼ぶのよ。あまりご当人に向かって、使うべきことばではないけれど」

「一種の余興、見世物としてね。それにレオーネはイタリア語でライオンの意味。しはいえ、イタリア語のレオーネは男性名詞なんだけど」

肩をすくめて今度はクスクスと笑うミス・コルシに、

「だったらわたくしも正直にいうけれど、あの伯爵と同席して楽しい時間が過ごせるかといわれれば、確信が持てないわ」

「そうだろう。だったらせめてふたりきりのときは、隠しっこなしでいくとしようよ。私も貴女も、石頭のロード・ペンブルックが大嫌い。あんな爺《じじい》、さっさとくたばればいい。それこそミイラの呪いにでもなんでも取《と》り憑《つ》かれて」

奥様は小さく苦笑した。

「でもレオーネ、わたくしくらいの歳《とし》になると、あなたほど怖いものなしの口は利けなくなるのよ」

「ああ、私は怖いものなんてない。コンゴの奥地で人食い人種だって噂のある部族の村に泊まったときも、怖いなんて全然思わなかった。同じ火を囲んで、彼らの食べ物を食べて、ひとつ壺《つぼ》から飲んだ」

「人食い人種——」

昔、兄ちゃんが古雑誌の挿絵を見せながら聞かせてくれた、アフリカの奥地に住む未開の種族の話を思い出してしまう。それが本当なんだとしたら、

「あの、ミイラの呪いっていうのも本当にあるんですか？」

ローズは思わず口を挟んでしまい、でも幸いふたりのレディのどちらからも叱《しか》られずに済んだ。

「エジプトに興味がある？」

「はい。あの、すみません。でもあたし、本当になにも知らない田舎者《いなかもの》なんで、新しいことを知るのが面白くて」

「謝ることなんてあるものか。質問は大歓迎だよ。ローズ、私はエジプトにはこれまでに五回旅をして、過ごした月日を合わせれば三年以上になるんだ。そして古代エジプト人の信仰についてはいろいろ学んだし、いまあの国に住んでいるアラブ人たちの話も山ほど聞いてきたけれど、少なくとも自分の目で『呪い』というに足るものを見たことはない。人食い人種と同じでね」

そこで一度ことばを切ったミス・コルシは、

「でも、呪いに関する噂は消えない。なぜかといえば、人がそれを求めているからさ。たぶんいまアルカディア・パークにあるミイラにその噂がつきまとうのも、それを望んでいる人間がいるからだと思う」

ローズにはよくわからない。でも奥様の顔を見ると、なにか思い当たるといいたげな表情をなさっている。だがそこで急に、馬車が速度を緩《ゆる》めた。立ち上がったミス・コルシがさっと鞭《むち》で行く手を指し示す。

「見えてきた、ほら。建てられたのはざっと二百年前だけど、百年前にアダム・スタイルで改築したそうだ。そして伯爵家が手に入れたとき、外壁を白く塗り直して」

「まあ、本当に純白のギリシャ神殿のようね」

奥様も伸び上がり、小手をかざして行く手から近づいてくる館を眺める。

広い階段、縦溝の刻まれた円柱の列、大きな三角の破風《はふ》。でも青空を背に、丘の上に建つその白い建物は、気のせいかローズの目には美しいとは映らない。

どこか不吉な、墓堂のようにも見えた——

第三章

生者はさざめきミイラは沈黙する

それから半日——

ローズは自分が馬鹿な振る舞いをして奥様に恥を掻かせることがないよう、自分で自分を戒《いまし》めながら、次々と現れる初対面の人々の、顔と名前を覚えることで必死だった。

ギリシャ風の列柱の間を通り抜けると、玄関ドアを開いたのは頭に白い髪粉を振り、金モールの長上着に膝丈のズボンという古風な服装の従僕《フットマン》。次いで童謡の中の卵男《たまごおとこ》、ハンプティ・ダンプティそっくりの、ずんぐりむっくりとしていやに尊大な執事に出迎えられる。首の太い、髪の薄い、あまり背の高くない中年男だ。奥様の部屋は二階に、ローズが寝泊まりする部屋はその向かいに用意されているが、

「レディ・ペンブルックが五時のお茶を差し上げたいとお待ちなので、応接間にご案内いたしたく存じます」

という。奥様が「あなた、お名前は?」と尋ねると、眉《まゆ》を髪の生え際まで引き上げて、

「ロンドンの本邸で執事を務めます、グレイブスと申します」

と、ますます偉そうに答えた。

玄関ホールの奥の二度直角に曲がる大階段を上がり、応接間に導かれた。玄関ホールも見上げればぽかんと口が開いてしまうくらい天井の高い楕円形《だえんけい》の大広間だったが、二階の応接間もそこだけで舞踏会が開けそうなくらいの広さで、しかしどこへ顔を向けても目に映るのは、きらきらしいシャンデリアに金の房を下げた緞子《どんす》のカーテン、暖炉《だんろ》に鏡、天井は神話のフレスコ画、壁は由緒ありげな大小の肖像画や静物画で埋め尽くされて、なんだか息が詰まりそうだ。「こぢんまりした隠居所」ということばでローズが思い浮かべた建物とは、縁もゆかりもなさそうな規模の大きさ、贅沢《ぜいたく》さだった。

応接間には、いまこの館に滞在している人々が顔を揃えていた。

ペンブルック伯爵の夫人であるレディ・ペンブルックは、灰色の髪を古めかしい大きな髷《まげ》に結った小柄な老婦人で、着ているドレスは夏服とは思えない豪奢《ごうしゃ》な絹織物の、それもスカートの下には疾《と》うに廃《すた》れた丸く膨らんだクリノリンをつけているらしい。顔立ちも、若いときはそれなりの美貌《びぼう》であったろうに、いまはそこから生気もみずみずしさもすっかり抜き取られ、背丈《せたけ》までが縮んでしまったようだ。

隣にいる二十代末くらいのミス・ジェラルディン・ウィンダムは彼女の姪《めい》で、両親を亡くした後ペンブルック家に嫁《とつ》いだ叔母の元に引き取られ、養女となって同居しているのだという、彼女もまた豊かな黒髪を、叔母同様の古めかしい形に結い上げて、服装も決して粗末《そまつ》ではないが、修道女か寡婦《かふ》のように地味で重苦しい。

そうしてふたりが並んだところは、顔立ち以上に纏う雰囲気がそっくりで、そろって古い油絵から抜け出してきた前世紀の亡霊のように見える。もっとも、抜け殻かいっそミイラのようなといいたいほどのレディ・ペンブルックと較べれば、ミス・ジェラルディンからはまだ若い女性の美しさが失われてはいない。濃い眉ときっぱりとした鼻筋が、知的なものを感じさせる。でも、どうしてかはわからないけど、幸せそうじゃないなとローズは思わずにはいられなかった。

残る客はペンブルック伯の末の妹で、現在は嫁いでレクサム伯爵夫人であるアグネスとその夫。ふたりともかなりの肥満体で、頰《ほお》から首の周りの肉が幾重にも輪を積んだようにたるんでいる。そこに揃ってリボンやカラーが食いこんでいるのだから、痛くないのだろうかと傍目《はため》にも気にかかる。もうひとり、ペンブルック伯の知人の息子で、エジプト考古学に造詣《ぞうけい》が深いという二十代のミスタ・ジュリアン・グレンフェルは、ハンサムだがどこか軽薄な感じがする。

本来なら侍女の務めは奥様の身の回りのお世話だけで、滞在先の館に着けば後は裏方としてお召し物や装身具の管理をし、髪を整え、なにかお求めがあれば館の使用人に取り次げば良いはずだった。主がお茶の歓待を受けるなら、その間に侍女や従者は使用人ホールか、家政頭《ハウスキーパー》の居間でお茶を振る舞われ、使用人同士で噂話を交換する。そうした場が貴重な情報源にもなる。

ところがここでは、ローズも奥様方のお茶に同席するようにといわれた。奥様がレディ・ペンブルックに他のお客様と引き合わされている間に、応接間の端の方にしつらえられた別テーブルで三人の侍女に紹介された。こんな機会でもなければ拝めなかったろうご主人側の顔を見られたのは、ある意味願ってもないことではあったけれど、その場にいるだれにとっても初対面の奥様は、当然のように注目の的にされて、あれこれと質問の矢を射かけられているようだ。意地悪でもされてないだろうか、とローズは気が気ではなかったが、そちらの会話が聞こえるほど応接間は狭くはなかった。

それでも同じ部屋の中にいるのだから、気楽に「ねえ、レディ・ペンブルックってどんな方？」などと訊くわけには無論いかない。そして見られて、値踏みされているというならそれはローズも同じこと。ここでうっかり不作法な真似でもしてしまったら、奥様に恥を掻かせることになる。

「レディ・ペンブルックにお仕えする、エディス・オブライエンです」

長く務めるほどに、侍女も従者も主《あるじ》と似てくるとは、どこかで耳にした覚えがあるが、鉄灰色の髪を引きつめて、瘦《や》せた顔をにこりともほころばせない彼女は、なるほどレディ・ペンブルックと顔つきも雰囲気もよく似ている。ただ骨細で、水気が飛んで小さく縮んでしまったようなレディと較べると、彼女の方がずっと丈夫で強靱《きょうじん》そうだ。

「シャルロッテといいます。パリから来ました」

こちらはミス・ジェラルディンの侍女だ。名前はドイツ系だが、パリからということはフランス人なのだろうか。歳は三十くらいか、もっと若いのか。いやに肌の色が白くて目の色も薄いから、どこを見ているのかわからない。ローズの方に一瞬目を向けて、会釈するように顔を少しだけ動かしたきり、後はなにもいわずお茶を飲んでいる。

「あたしはネリー・ニコルズ、レディ・レクサムの侍女よ」

彼女は一番若い。二十歳を越えているとしても一、二歳だろう。好奇心を隠すそぶりもなく、ローズの顔を覗きこむようにして、

「子供みたいね、あなた。いくつ？　いつからあの人のところで働いてるの？」

「十五歳で、お勤めは去年からです」

「へーえ、十五歳。侍女にしたら若すぎるわねえ。それもよりにもよって、あんな曰《いわ》く付《つ》きのご主人に仕えるにはさ」

ローズはかなりムッとした。自分が臨時の侍女だとは承知しているが、だからといって奥様を「あんな曰く付き」などといわせて黙ってはいられない。使用人しかいない場所なら、絶対に、すぐに、それも大声で言い返していた。でもここで喧嘩《けんか》は論外だったから、強張《こわば》った顔を無理やり笑顔にして、相手の顔をじっと見返してやる。そしてネリーがその視線に、

「なによ。なにかいいたいことでもあるの？」

小馬鹿にして鼻で笑うその口調に、癇癪《かんしゃく》が起きかけるのをぐっと呑みこんで、ローズは落ち着いた声でいい返す。

「あたしはおっしゃるとおり、若すぎるし未熟だけど、レディ・シーモアはとてもいい方です。働きやすいし、使用人には親切ですし」

するとネリーはフン、と鼻を鳴らした。伯爵夫人の侍女としたらそれだけで失格だ、とローズは思ったが、

「いやだ。いくら若くたってあなた、もの知らずはたいがいにしなくちゃ。レディ・シーモアと呼んでいいのはレディ・ペンブルックのお嬢様、トマス・シーモア子爵夫人のオーガスタ様だけよ。あなたのご主人は、死んだ前のシーモア子爵の未亡人でしかないんだし、そもそもがかなりのお年寄りだった前のシーモア子爵を、色香で上手《うま》く引っかけたドゥミ・モンデーヌでしょ？　でも驚いた。そうして一時でも子爵夫人になったくらいなんだから、どんなすごい美女なのかと思ったら、案外なんてことのないお顔なのねえ。それとも、昔はもう少しきれいだったのかしら」

ドゥミ・モンデーヌというフランス語の意味は、ローズもたまたま知っていた。ベッツィが例によってあんまり品の良くない小説を音読していて、そこに出てきたのを教えてくれたのだ。紳士淑女が集う本物の社交界に対する裏社交界《ドゥミ・モンド》の女、つまりそれなりのお金が払える客だけを相手にする高級売笑婦《コーティザン》のことだって。

前のシーモア子爵の夫人がまだ生きている間に、奥様と子爵は知り合って、それがロンドンで新聞種になった。若い娘を愛人にして連れ回しているって醜聞扱いされて、夫人は奥様を憎んで亡くなったし、いまの子爵夫妻も奥様を忌み嫌っているって、そのことは予備知識として知ってはいたけれど、

(奥様を、娼婦だなんて……)

付け焼き刃の落ち着きが吹っ飛びそうになる。カアッと顔に血が上り、手にした紅茶カップが、受け皿の上でカチカチ音を立てる。自分ならなにをいわれたって平気だけど、奥様の名誉にかかわることを笑って聞き流すなんてできない。だが、

「それ、うそ」

ぽそっとつぶやく声がした。シャルロッテだった。

「二十年前、私のママン、パリのオートクチュールの縫い子でした。そのお店にアメリカ人のマヌカンがいた。まだ若くて、学校に行っていたのに戦争でおうちが没落して、働かなくてはならなかった女の子でした。

それがご婦人の買い物に付き合ってお店に来た、イギリスの貴族に気に入られて、引き取られた。まるで王子様と出会ったサンドリヨンのよう。王子様の名前がチャールズ・シーモア子爵。とても心ばえのいい子だったから、幸せになればいいとママンがいっていたの、覚えてます」

するとネリーは彼女の方を向いて鼻で笑う。

「ははん。マヌカンって要するに服屋のモデルでしょ？　お客の前で見本服を着て、しゃなりしゃなり、媚《こ》びを売って歩いたり回ったりしてみせるんだ。だったらやっぱりレディじゃない。そこで男を見つけたっていうんなら、そんなの娼婦と似たようなものじゃないのさ」

「違いますよ、ネリー。あなた間違ってます」

「なにが間違いだっていうの？」

「縫い子もマヌカンもちゃんとした仕事、メイドと同じです。私もロンドンに来る前、ママンの下で縫い子をしていたし、マヌカンもしました。でもそうして働きながら、いろいろ身につけられたから、上流の方と話す作法も覚えたし、あなたより裁縫もできます。レクサムの奥様のドレスも、あなたはできない、私が頼まれて仕立ててさしあげて、とても喜んでいただきました。恥ずかしい仕事なんかではありません」

　マヌカンという仕事がローズにはよくわからなかったので、口を挟み損ねたけれど、それで幸いだったのだろう。ほとんど表情を変えない、なにをいっても冷静な口調で「あなた間違ってます」と繰り返すシャルロッテに、ネリーはローズそっちのけで腹を立てている。

「なっ、なにさ。わかったような顔して」

「わかっています、私。わからないのはあなたです」

「この、フランス女」

ネリーは声もひそめずに毒づいて、年長のエディスからたしなめられた。

「いい加減になさい。品のない言動はレディ・レクサムにも失礼ですよ」

それも気に入らなかったらしい。どうなることかと内心ハラハラしながら身体を硬くしていたローズだったが、いきなりまた矛先がこちらを向いた。

「なに澄ましているのよ。いい気にならないでよね。あなたまさか、ここで歓迎されるつもりで、乗りこんで来たわけじゃないんでしょうね」

だがこのときには、ローズも心が決まっていた。ここで自分が怒ってみても仕方がないが、かといっていまさら下手に出ても意味はないだろう。

「奥様は、ご招待をいただいたから来たんです。それ以上のことは、あたしにはわかりません。あたしがとやかくいうことでもないと思います」

「ずいぶん気取った口を利くんだね。奥様に聞かれるかもしれないところでは、なにもいえないってわけ？」

「いいえ。うちでは召使いのだれも、奥様の陰口《かげぐち》は利きません。我慢しているんじゃなくて、いう必要がないからです。あたしはそういう家で働くことができて、幸運だったと心から思います」

滞在中に意地悪をされる可能性はあるが、こちらにはなにも悪いことはない。間違ったこともいっていない。失礼なことをいってきたのは向こうの方だ。ローズは膝の上で両手を組んで、胸を張って相手を正面から見つめた。ネリーがその目にひるんだように、身体を退きながら、まだなにかいおうとしかけたとき、室内の空気が大きく動いた。さっきローズたちが入ってきた廊下側のドアではない、もうひとつのドアがガチャッと音立てて開いて、ミス・コルシの長身が大股《おおまた》に入ってきたのだ。それはメイドたちが座っているテーブルのすぐ後ろにある片開き扉で、ローズが顔を上げると背後に壁を埋めた本棚が見えた。ドアの向こうは図書室らしい。

だが、そこから現れたミス・コルシを目にした途端、ネリーの頭からはローズのこともその奥様のことも、一瞬で蒸発してしまったに違いない。駅前に現れたときと較べれば、さすがに少しばかり身なりを改めていて、といっても頭は帽子を取り、風に乱れた髪を軽く掻き上げて、髪留めでひとつ留めただけだ。

男仕立てのジャケットとスカーフは取って、肩から床すれすれまで、インド更紗《さらさ》らしい赤と藍《あい》と紫の、孔雀《くじゃく》の尾羽模様を散らした布をたっぷりと纏いつけている。だがそれはドレスではなくただ一枚の布で、ブラウスに乗馬用のズボンと長靴をつけたままの上から、身体に巻き付けて腰を金色の布のベルトでひとつ締めているらしい。ローズは前に本の挿絵で見た、インドの民族衣装を思い出した。

「なにあれ、あのひとの格好ったら」

ネリーが唖然とした調子でつぶやいたのに、同じく目を向けていたエディスが、

「おぞましい——」

かすれた声を洩らしながら身を震わせ、シャルロッテも、

「斬新《ざんしん》すぎますね……」

さすがに是認できないという表情だ。手描きらしい更紗の布はすてきだし、上背のあるミス・コルシには民族衣装もきっとよく似合うだろうが、その裾から乗馬ズボンと革の乗馬長靴が覗いているのは、やっぱりあんまりいただけない。だが思わず目で追ったローズに、ミス・コルシはニッと歯を見せて、声は出さぬまま唇だけを動かす。

(ライオンはライオンらしく、さ)

もしかして、わざとなのかもしれない。ああしてミス・コルシが一手に呆れられたり、顰蹙《ひんしゅく》を買ったりすれば、その分奥様は過去のことで、そこのテーブルを囲んでいる連中の好奇の目を浴びる状況から逃げ出せる。

「遅れまして失礼を、レディ・ペンブルック、ミス・ジェラルディン」

それだけいってミス・コルシは、さっさと奥様の隣に腰を落とした。迎えた面々も侍女たち同様揃って目を丸くし、呆気《あっけ》に取られているようだったが、さすがにレディ・ペンブルックは驚きを顔に出すことはない。

「ご紹介いたしますわね、ミス・コルシ。姪のジェラルディンとは先ほどお会いになりました。こちらが私の夫、ロード・ペンブルックのお妹のレディ・レクサムと、ご主人のロード・レクサム、そしてロード・グレンフェルの息子さんのミスタ・ジュリアン・グレンフェルです。ミスタ・グレンフェルはエジプト旅行の経験がおありだそうです。皆様、こちらがミス・レオーネ・コルシ。先日アフリカからお帰りになった、著名な女性旅行家でいらっしゃいます」

ローズはこちらのテーブルの会話が途切れているのを幸い、息をひそめて耳を澄ます。レディ・ペンブルックは、生気の無いしなびた顔にふさわしい、弱々しく聞き取りにくい声音だ。レクサム夫妻もミス・コルシの掟《おきて》破りの服装には、目のやり場に困った風で、ことば少なに会釈しただけだったが、ミスタ・グレンフェルは椅子を立つと、恭《うやうや》しく彼女の手を取り口づけの身振りをする。

「お目にかかれるのを楽しみにしておりましたよ、ミス・コルシ」

「それはどうも」

返事はいとも無愛想《ぶあいそう》だが、彼は少しも気にしないようで、

「あなたはイタリアのお生まれでいらっしゃる？」

「ふるさとはナポリです。幼時に実父が病死して、母がイギリス人と再婚したのでこちらに参りました」

「実業家のミスタ・ブラッドショーですね。だが南国生まれのあなたは、やはり南の太陽を恋うて、旅に出られるということでしょうか？」

「ええ、たぶん」

「私もエジプトには二度ばかり足を運んでいて、あの国の神秘の古代文明には多大な関心を抱いております。アレクサンドリアとカイロとルクソールまでは参りましたが、なかなかに珍しい体験をいたしました」

「いまもミスタ・グレンフェルが、その旅の話をなさっていましたのよ。アレクサンドリアの迷路のような街の中で、アングルのオダリスクの絵に出てくるような美しいアラブ女性とお知り合いになったんですって。ミス・コルシもどんなお話を聞かせてくださるか、楽しみにしておりましたの。それにレディ・ヴィクトリアも、エジプトだけでなくずいぶんいろんなお国を訪ねていらっしゃるのでしょう？　うらやましいわ」

ミス・ジェラルディンが、奥様とミス・コルシを等分に見やって会話を繋ぐ。そのおっとりとした口調はいかにもお嬢様らしく上品だが、口元の笑みがどこか取って付けたようにわざとらしく感じられるのはなぜだろう。

「でもエジプトってすごく暑くて、砂ばかりで、街は恐ろしく不潔だそうですわよ？　なにより疫病《えきびょう》が怖いじゃありませんの。私なら絶対行きたくないわ。避寒地なら地中海の島の方がずっときれいで気が利いているって、聞いてますもの」

レディ・レクサムが、汗ばんだ首筋にハンカチを使いながら口を挟むのに、

「しかしここには本物の、エジプトのミイラがあるそうじゃありませんか」

ミスタ・グレンフェルが身を乗り出し、

「まあ、ミイラですって？　気味が悪いわ。なんでそんなものがあるの、セシーリア」

「どうしてかは存じませんの。夫の静養のためにいいだろうと思って手に入れた屋敷に、たまたま他の家具や絵や蔵書と一緒にあったというだけで」

淡々とした口調で答えたのはレディ・ペンブルックだった。セシーリアが彼女のファースト・ネームなのだ。貴族の方というのは爵位と上下関係で呼び方が変わる上に、お名前も大抵は名付け親や血縁からもらったそれが三つも四つもついて、他にも親しい仲限定の愛称があったり、すごくややっこしくてわかりにくい。

「前の持ち主が気まぐれを起こして、買ってそのまま置いていったのかもしれません。いまは目につかぬように、図書室の飾り棚の中に納めてありますわ」

「そんなもの、置いておく人の気が知れませんよ。さっさと処分してしまったらどう？」

「ええ、そうするかもしれませんけれど」

「小耳に挟んだことだが、そのミイラを手に入れてイギリスに送ったのは、ミス・コルシだという、それは本当のことですか？」

ミスタ・グレンフェルが今度はミス・コルシに水を向け、

「数年前、あの国の知人に少しばかり金を用立てて、その代わりにと受け取ったのです。義父がぜひ見たいというのでロンドンに送ったのですが、結局持てあましたようで、代理人を通して処分してしまったので、最近まで行き先も知らぬままでした」

「しかもそのミイラ、なんでも夜中に勝手に歩き回るというじゃないか」

ロード・レクサムがとうとうその話題を持ち出した。

「まあ嫌だ、あなた。どこからそんな話を聞いていらしたの?」

「なに、たまたま目にした絵入り新聞のたぐいだがね。まるでホレス・ウォルポールの小説のようだと思って」

「同感ですね、レクサム卿。ぜひミイラが歩くところを見てみたいなあ!」

「おお嫌だ。歩くミイラだなんて、私、夜中に廊下でそんなものと出会ったら、恐ろしくてそれきり心臓が止まってしまう!」

レディ・レクサムはたっぷりついた頬の肉を震わせたが、ミスタ・グレンフェルは、

「あなたはいかがです、レディ・ヴィクトリア・シーモア?」

「そうですわね。見られるなら、見てみたい」

奥様はニコッと笑ってみせたが、またデブのレディ・レクサムが口を入れる。

「でもお兄様、ロード・ペンブルックは、きっとそういうものはお好みではなくってよ。根っからの軍人ですもの、異国の迷信や怪異譚《かいいたん》など毛嫌いなさるわ。ねえ、あなた?」

「うん。それはそうかもしれんな」

「ですから、夫にはミイラのことは話してありませんの。今後もできれば耳に入れたくないと思いますので、どうか皆様もそのおつもりで」

だが、聞いていてローズは内心「あれ？」と首を傾げる。そのミイラを見せてもらうということで、ミス・コルシと奥様はここに招待されたのではなかったのか。それを当のペンブルック伯爵が知らない？　それってなんだか変じゃない――

「それはあんまりというものですよ、レディ・ペンブルック。私がエジプトの探検と発掘に興味を持っていることは、以前にもお話ししたではありませんか。ミイラはぜひ拝見したいし、エジプト旅行の経験があるレディおふたりを迎えて、存分にあの国の話ができると思ってまいりましたのに。ミス・ジェラルディン、どうかあなたからもレディ・ペンブルックにお口添えください」

「そうですわね。でも私はミイラのことよりも、ミス・コルシやレディ・ヴィクトリアの旅のお話が聞きたいですわ」

おとなしやかに微笑《ほほえ》みながらミス・ジェラルディンはいう。

「やはり同性の方の体験談には格別のものがありますわ。手こぎボートで河をさかのぼったり、熱帯のジャングルを旅したり。きっと男の方とは比べものにならない、いろいろなご苦労があったでしょうね。いかがでしたの、レディ・ヴィクトリア？」

「わたくしは本当に、探検といえるような旅はしておりませんのよ。当時のシーモア子爵を師と仰いで、ただそれについて行っただけですから。いつも独《ひと》りで旅している、レオーネの経験とは比べものになりませんわ」

そこでレディ・ペンブルックが自分の侍女を呼んだ。

「オブライエン、お茶のお代わりを淹《い》れてくれない？　さっきから呼び鈴を鳴らしているのに、ローラったら下に降りたきり戻ってこないのよ。まだこの別荘に慣れていないからか、それともベルの具合が良くないのかもしれないわ」

「あの、あたしお手伝いさせていただきます！」

ローズは素早く立ち上がった。もちろん、そちらに行けばもっと会話がよく聞き取れると思ったからだ。だがその間にも、ミス・ジェラルディンは話し続けていて、

「旅行記もいくつも読ませていただいていますけれど、女性の旅行家の方はたいてい単独行でいらっしゃいますわね。男性をまじえてはもちろん、女性同士でも同行はなさらないらしくて、それが少し不思議に思えましたの」

「ずいぶん熱心ですね、ミス・ジェラルディン。まさかあなたもアフリカ奥地探検に出かけたいとかおっしゃらんでしょうね」

「そういう望みを持ったら変ですか？　ミセス・イザベラ・バードが、北アメリカのロッキー山脈を踏破したのは四十二歳の時です。私は彼女よりずいぶん若いわ」

「以前彼女を見たことがあるが、貴族ではありません。背は低かったが、荷運びのポニーのような頑健《がんけん》な身体つきの女でした。本人の話ではいろいろ持病もあるということだったが、とても信じがたいな。とにかく淑女のあなたとは別人種です」

「それはお考え違いですわ、ミスタ・グレンフェル」

奥様が穏やかにことばを返した。

「探検家に必要な逆境を耐え抜く忍耐力も、持久力も、不屈の精神も、むしろ女性にこそ恵まれた徳性ではありませんかしら。女がか弱くて傷つきやすい妖精だというのは、殿方の願望ではないかと思いますのよ」

「おや、あなたは女権拡張論者ですか。レディ・ヴィクトリア？」

「そうかもしれませんわね」

「いやあ、それでも私には、婦人の本来居るべき場所はその家だと思えるんだがな。傷つき疲れた男を迎え入れ、癒《い》やしてくれるこよなき港としての家と、その守護者である女性がいなくては、我が大英帝国の男たちも、勇んで戦場や暗黒の辺境へ旅立つことはかなわないでしょう」

「無論、それこそが良識というものだよ。グレンフェル君」

自分は柔らかいクッションの上からさえも、立ち上がる気はなさそうなロード・レクサムが、口髭《くちひげ》の端をひねりながら無責任な賛同を与え、

「あなたはどうお考えです、ミス・コルシ？　男勝りの勇敢な女戦士《アマゾォヌ》には、夫はもとより不必要ですか。愛と敬意を受ける家庭の女主人という地位に、憧れを覚えることはないのですか？　それともあなた自身が男に成り代わりたい？　いや、女を止《や》めて男になれるといわれたら、承諾しますか？」

「あなたは？」

問い返されて、ミスタ・グレンフェルは戸惑ったように目をパチクリさせた。

「私が女性になりたいかといわれれば、それは否とお答えするしかないが」

「なぜですか」

「なぜといわれても、いや、女性は男性に劣るなどというつもりはありませんよ。だが、私は男であることに不満を覚えたことはありませんので」

「では私も同じです。女であることに不満を覚えたことはありません。それに、女であるより男である方がましかどうかは、大いに疑問ですので」

一瞬その場を沈黙が通り抜け、それからミスタ・グレンフェルは、とってつけたように膝を叩いて笑い出した。

「これは参った。やられましたよ、ミス・コルシ。あなたのような機知のある女性になら、なってみてもいいかもしれない」

「まあ、ご冗談ばかり」

レディ・レクサムがハンカチーフで口元を半ば隠して笑い声を上げる。少し遅れてロード・レクサムがそれに和する。レディ・ペンブルックとミス・ジェラルディンは唇だけで笑いの形を作る。上流の紳士淑女というのは、別段面白くなくても笑うものらしい、とローズは思った。それともあれは、本当の気持ちを外に出さずに済ませるための、扇子みたいなものなんだろうか。

奥様は上げたカップで口元を隠している。ミス・コルシはつまらない会話にうんざりした、という表情を隠そうともしない。テーブルに出ているお茶菓子は見るからに上等だし、紅茶も一級品なのは香りでわかるけれど、なんてまあ、だれひとり楽しんでないのが丸わかりのお茶会だろう。

夜八時からの正餐《ディナー》は、応接間の真下にある一階の食堂で開かれる。だが侍女はご主人の身支度を調えて送り出してしまえば、後は部屋に引き上げてこられるまでは仕事がない。料理の皿は地下の厨房《ちゅうぼう》からダムウエイターと呼ばれる小型リフトで食堂に上げられ、給仕はもっぱら執事と男性の従僕たちが行う。厨房は当然ながら戦場並みに忙しいが、ハウスメイドやパーラーメイドを総動員すれば手は足りるということで、使用人ホールに並べられた作り置きのコールドミートにバタつきパン、冷めかけたお茶という味気ない夕食を取るのは、またローズと三人の侍女だけだった。

普通なら男性使用人を差配するのが執事《バトラー》であるように、女性使用人の一番上には女性の家政頭《ハウスキーパー》がいて、お茶同様食事のときも客が連れてきた使用人をもてなす。だがこの別荘はペンブルック伯爵家が手に入れてから日も浅く、ウェールズの領地だけでなくロンドンのタウンハウスにもまだ少なからぬ使用人がいるので、ハウスキーパーは置かれていないのだという。

「ロンドンのミセス・クーパーもいい歳なんだからさ、そろそろあなたが替わって出世して、ハウスキーパーになってもいいんじゃないの？」

ネリーがパンを噛みながら、気安い調子でエディスに話しかけ、

「レディ・ペンブルックはそうはお考えにならないでしょう」

相手はニコリともせずに答える。

「ふうん、そんな話は出てないんだ」

「いつまでこの館を使われるのかも、いまはわからないし」

「ああそうね。旦那《だんな》様は病気が治ったら、すぐにも宮廷付きに戻るっていってたものね。でも、無理じゃないのお。倒れて以来、右手右足が上手く動かないみたいだし、今度倒れたらおしまいだよ」

「いまのままでは宮廷のお務めは難しいでしょうね。レディ・ペンブルックのお心遣いを、受け入れてくだされればいいのですが」

「そうそう。ああいう性格の殿方っていうのはさ、扱いが難しいのよね」

ああいう性格って？　と訊きたくてたまらなかったが、自分が口を挟めばまたネリーからなにか嫌なことをいわれそうで、ローズは黙って聞いているしかない。すると、シャルロッテがふたりの方へ目を向けながら尋ねる。

「お尋ねしていいですか。ペンブルック伯ご夫妻には成人したお子さんが四人いて、そのうち三人は男子だったと聞きましたが、その方たちはみんな亡くなったのですか？」

「へー、あんたここんちに仕えてもう四、五年は経《た》つだろうに、そのへんの事情、まるで知らないの？」

「訊きにくいことですから」

「じゃあ教えてあげるよ。長男のジョージ様はインド軍に入って向こうで死んだ。熱病かなにかにやられたんだよね。次男のアンソニー様はケンブリッジ在学中に事故死したってことになってるけど、決闘で殺されたとか、自殺だって噂もある。三男のライオネル様は絵描き志望でイタリアに行ったきり、呼び戻されても戻らなくてとうとう廃嫡になった。だから旦那様が逝かれたら、末のひとり娘、オーガスタ様と結婚したシーモア子爵にペンブルック伯爵の爵位が行く」

「でも普通はそういう場合、爵位は娘婿には行きませんね、この国では。男性の相続人が見つからなければ消滅する」

「ペンブルック伯爵のタイトルをくだされたのはリチャード獅子心王で、十字軍の戦場で陛下をお助けした功績から、そうした特記事項が許されたのです」

「さすが奥様の侍女。よくご存じ！」

ネリーが冷やかし半分、お世辞半分という調子でいっても、彼女はやはりにこりともしない。だが立派に育った男の子三人をそうして次々と失ったと聞いて、ローズはびっくりしてしまっている。初めから子供がいないならともかく、跡継ぎになるはずの子供に先立たれて、血の繋がらない娘の夫に爵位を渡すしかないとなったら、おちおち現役を退く気になれなくても無理はない。

「お気の毒なんですね、伯爵様。そんなふうに次々とお子さんを亡くして、跡取りがいなくなってしまうなんて」

思ったことをぽろっと口からこぼしてしまったローズだったが、気がつくと三人の侍女がまじまじとこちらを見ている。とんでもなく、常識外れのことばを聞いたように。なんですか？　と聞き返す前に、ネリーが馬鹿にしきった顔で鼻を鳴らした。

「あんたってものすごいお人好《ひとよ》し？　それともただの馬鹿？　そんなの全部、旦那様自身のせいに決まってるじゃない！」

「気の毒というなら、本当に気の毒なのはレディ・ペンブルックですね」

そういったのはシャルロッテだが、ネリーはかまわずまくし立て始める。

「ジョージ様は長男で跡取りなんだから、軍人といっても伯爵と同じ近衛《このえ》に入れば良かったのよ。インド軍なんて行くのは、爵位を継げない次男三男《ヤンガー・サン》だけ。わざわざ遠い外地に出て行ったのは、父親と折り合いが悪かったからに決まってるでしょ。

その兄さんが死んで跡継ぎになった次男は、それが嫌さに自殺か事故かわからない死に方をして、三男は無一文になっても父親に支配されるよりはましだって逃げ出した。養女にしたジェラルディン様は、所詮《しょせん》奥様の姪で血は繋がってないし、とうとう旦那様は末のオーガスタ様が一目惚《ひとめぼ》れしたトマス・シーモアを婿に認めて爵位を譲るしかなくなった。

最初のうちは、シーモア家が百五十年さかのぼればただの平民で、東インド会社の書記をしていたインド成金《なりきん》の出だとか、父親のチャールズ・シーモア子爵が、妻子をロンドンにおいて旅で遊び暮らしているとか、いろいろ難癖《なんくせ》を付けていたらしいけど、他に跡を継いでくれる人間がいないんだからどうしようもない。だけどそれも不運というより、子供に背かれるようなことをやってきた、自分の不徳の結果だっていうのよ」

「それくらいにしておきなさい。どこでだれが聞いていないものでもない」

エディスがたしなめたのは、ネリーの暴露話が一段落してからだった。

「確かに、だれよりお気の毒なのは奥様です。けれどご主人様たちのお人柄をあげつらうなど、品のいいことではありません。それにどこの家でも、陽の下に晒したくない秘密のひとつやふたつはあるものです」

「それは本当です」

シャルロッテが低く賛同する。

「そうお？　あたしには秘密なんてないけど、あんたの秘密ってなによ？」

「いえないから、秘密です」

うっすらと微笑み返したシャルロッテに、ネリーもさすがに気味悪そうな顔になって口をつぐむ。そしてその隙《すき》にローズは、「ちょっと」とだけいって席を立った。手洗いに行くのだと思ってもらえればいい。本当のところは味気ない食事でお腹《なか》だけがくちくなったところに、気の滅入《めい》る話を聞かされてげんなりしてしまったからだった。いつもと違って仕事らしい仕事なんかしていないというのに、なんだかすごくくたびれた。一日が恐ろしく長い。ロンドンのみんなは今頃なにをしているだろう。いつもならリェンさんの作る美味しい夕飯を食べ終えて、賑《にぎ》やかにおしゃべりしたり、本を読んだり、縫い物をしたりしている時間だ。

たった一日なのに、もう仲間が恋しくなってため息が洩れたローズだったが、いきなり後ろから声をかけられて、危うく「きゃっ」と悲鳴を上げそうになった。でもそれは自分と年頃もそう変わらなそうな女の子の声で、振り向くとすぐそこにモブ・キャップで髪を覆《おお》った若いメイドが立っていた。袖《そで》を肘までまくり上げて、赤くなった手、大きな蠟引《ろうび》き布のエプロン。皿洗いと下働きのスカラリーメイドだ。

「あ、ごめんなさい。いま、なんていった？」

「あの、あんた、ローズ？」

「そうだけど」

「あんたに会いたい人が、裏門に来る。九時に。もうじき」

「えっ、だれが？」

「名前は知らない。今日の午後、裏庭の掃除をしてるとき、いわれた。これ」

真っ赤になった手がつきつけたのはくちゃくちゃの紙切れで、ひらくと三日月の絵と、『9』という数字だけが書かれている。この三日月って、モーリスがくれたお守りの形だけど。

「インド人だった？」

「わかんない。でも、顔茶色かった」

本当にモーリスらしい。

「もっと早く渡したかったけど、仕事で。もう九時になるから、行った方がいいよ。あの階段上がると外に出られて、壁伝いに裏に回れば裏門がある」

「わかった。いまは時間がないから、お礼は後でするね。あんた、名前なんていうの？」

思いがけないことばを聞いたみたいに、その子は目を丸くしたが、

「エミリ」

「有《あ》り難《がと》う、エミリ！」

それだけいって、ローズは走り出した。地下の薄暗い廊下はだれもいなかったから、かまわずスカートを両手で持ち上げた。いつもメイド仕事のときに着ているお仕着せより、ずいぶん丈が長くて、それだけでも走りづらいのだ。階段を駆け上がるとそこは正面階段の陰についた小さな通用口で、いわれたとおり今度は外壁に沿って走る。窓のほとんどは灯《あか》りがついていないから、そちらを気にする必要はなかった。それに幸い晴れた月夜だ。馬車の着いた前庭と較べては、手入れの行き届かない荒れた裏庭の向こうに、鉄柵《てっさく》の並ぶ裏門があって、その向こうでモーリスが手を振っていた。

「よっ。元気そうだな。そっちはなにも変わりないか？」

「元気に決まってるじゃん。まだたった半日しか経ってないでしょっ」

思わず声を張り上げて、「おっと。シーッだ、ローズ」人差し指を立てたモーリスにたしなめられ、あわてて口を押さえながらうなずく。モーリスはいつもの金ボタンが三列に並んだ小姓《ページ》のお仕着せではなく、街の子らしい砂色の上着にズボン、膝から下には泥よけのゲートルをきっちり巻いて、頭にはハンチングをかぶっている。

「どうだい。粋《いき》だろ？」

確かに粋ではあるけど、ちょっとロンドンの下町風すぎて、こんな田舎では目立ってしまうかもしれない。

「俺、マダムがこっちにいる間は、駅前の旅籠《イン》にいることになったから。親父が商売であちこち動いてる間、荷物の番をしてる息子って想定でさ。ロンドンからなにか届いたときに、他の奴《やつ》らに気がつかれないように連絡する係」

「えっ。でも駅からここまでけっこう遠かったでしょ？」

「大丈夫。こいつがある」

といいながらモーリスが塀の陰から引き出したのは、最近普及してきた二輪の自転車だった。道理で泥よけが要るわけだ。

「それって、車輪がふたつとも同じ大きさなんだね」

「おう。前輪がでっかいペニー・ファージングはご婦人がちんたら乗ってるけど、こいつはぶっとばすとかなりスピードが出るんだぜ。で、さっそくこれ、奥様に」

ポケットから出した封筒を、ローズの手に握らせる。

「さっきロンドンから着いた列車で、早耳ビルが持ってきたんだ」

ピンカートン探偵社ロンドン支部の探偵で、リェンさんの料理を目的に、頼まれなくても奥様のところに出入りしては只飯《ただめし》を食らっていくウィリアム・エドワーズも、バックアップに加わっているのだと知って、ローズはすごく嬉しくなった。口も悪いし顔も無頼風の彼だが、見かけによらず頼りがいのある人間なのはいまではよくわかっている。でも、いったいロンドンからなにを知らせてきたんだろう。

「それは俺にもわからないけど、肝心のペンブルック伯爵はまだ来てないんだろ?」

「うん。でもね、今し方聞いたんだけど」

ネリーがしゃべっていた伯爵と三人の息子の話を掻《か》い摘《つ》まんで聞かせてやったが、モーリスはあまり興味がなさそうだった。

「それより例のミイラ、見た?」

「まだ。でも図書室に置いてあるって」

「チェッ、いいなあ。俺も一目見てみたいや。できればその、真夜中に。こっそり忍びこんだらまずいかな」

「やだもう。だれかに見つかったら大変だよ」

「わかってるって。やらないよ。それでさ、いまビルがとんぼ返りする前に、ちょっとだけ話していったんだけど、たぶん奥様宛《あて》の手紙に書いてあるのも、そのことだろうと思うんだ。ミイラは前からこの別荘の持ち主が持っていたもので、別荘を買ったらたまたまついてきただけだって話だったろ?」

「うん。さっきもレディ・ペンブルックがそんなふうにいってた」

「だけどそれは、本当じゃないらしいんだってさ」

「えっ、うそなの」

「ま、そうだな」

「どうして。どういうこと?」

「理由はわからない。だけどペンブルック家が別荘を買い取ったのは去年の秋で、ミイラが運びこまれたのは冬になってから、というのだけは確かだって」

「あれ。でも伯爵様が病気になって宮廷から下がったのは、今年の春だっていったよね」

「正確には、半年の休暇って形らしいけどな」

「伯爵様の隠居所として、別荘を買ったっていってたと思うけど」

「金があるなら隠居しなくても別に、領地のマナーハウスの他に、別荘くらい買ったって不思議はないけどさ、なんでミイラの件で嘘つくのか、なんだか臭いだろ?」

「それも、怪談つきのミイラだもんね——」

奥様は大丈夫だとおっしゃったけど、ほんとに動いたら絶対いやだなあ、と、モーリスと話しながらもローズは思う。そうして立ち話はせいぜい十分足らずだったろう。

「例のお守り、持ってる?」

「あ、手提げの中だ」

「身につけとけよ」

「わかった」

「またな」

「うん、またね」

と手を振り合って、使用人ホールに引き返してみると、夕食の残りはすでにきれいに無くなっていて、もちろん三人の侍女の姿もない。正餐がたった一時間で終わるなんてあり得ないと思っていたから、ローズはあわてた。一階の食堂に行ってみると、客はおらず男性使用人たちが後片付けをしている。ドアのところできょろきょろしていたローズを、あのハンプティ・ダンプティそっくりの執事がじろりと見て、

「皆様、すでにサロンに移られました」

という。

「あ、あの、サロンってどこにあるんですか?」

「レディ・ペンブルックのお居間の隣です」

そういいながら執事は顎《あご》をしゃくる。そちらの方だという意味なのだろうが、廊下は点《とも》されたオイルランプもまばらで月明かりのある屋外よりまだ暗いほどだし、廊下に並ぶ閉ざされたドアはどれも同じようにしか見えない。

でも少なくとも、それが二階にあるのは間違いないだろう。一階はパブリック、二階はプライヴェートというのが普通の家の配置だ。レディ・ヴィクトリアのテラスハウスのお住まいでも、それは変わらなかった。急いで階段室に向かおうとするローズの背に、また執事の声がかかる。

「使用人用の階段を使いなさい」

意地悪、と思ったけど、逆らうわけにもいかない。小部屋の中に隠れるようについた、使用人階段の位置はさっき見ておいたのだ。でも二階へ上がってみると、こちらの廊下は一階よりさらに暗かった。平面は単純なテラスハウスと違って、このお屋敷は初めての人間には広すぎる。こちらの廊下と直角に交差した、奥様の寝室と自分の寝室が向かい合う廊下はわかったが、そちらは人気もなく静まり返っている。

だがその真っ暗な廊下から、長身のメイドがいきなり、足音も立てずにぬっと出てきた。身につけているのは黒一色のワンピースだから、暗がりに溶けこんでエプロンの白だけがやけに目立つ。片手に大きなメイドボックス、ブラシや雑巾《ぞうきん》や磨き剤を入れた持ち手つきの木箱を下げて、この家の主の好みなのか、最近あまり見かけない馬鹿に大きなモブ・キャップの襞が、顔の上半分にかぶさっている。なんだか幽霊みたいで怖かったけど、思い切って声をかけた。

「あ、あのっ、サロンってどこでしょう」

するとメイドはローズの脇を抜けて、背後の廊下を指さした。

「ランプの点っているドアです。中に皆様おいでで、食後のご歓談中です」

それなら侍女の仕事は、後は奥様が寝室に引き上げてこられてからだ。お召し替えを手伝って、外した宝石類をきちんとしまい、必要なら夜のうちに自分の部屋で、脱がれた衣類の手入れを済ませる。絹の靴下やレエス類は侍女が手洗いしなくてはならない。

でもその間にモーリスが持ってきた手紙を渡し、あれこれ必要なだけのお話をする時間もあるだろう。お呼びがあるまで自分の部屋に戻って、休んでいればいい。だがメイドは、その廊下に面して並ぶドアを指さして続けた。

「こちらが午後のお茶を飲まれた応接間で、その隣のドアを開けると図書室の二階です。エジプトのミイラがあります、もしもお知りになりたければ」

「あ、はい」

うなずいてから、ローズはなんだか少し変な気がした。ミイラなんて見たいとは思っていなかったけど、さっきモーリスのことばを聞いてから気が変わった。ご歓談の後で奥様たちは図書室に行って、ミイラ見物をするのだろうが、このままでは自分は同行できそうにない。でもミス・コルシが応接間に入ってきた、あのドアの向こうが図書室であるらしい。そこにミイラが置かれているなら、覗けるものならいまのうちに、ちらりとでも覗いてみようか、と思っていたからだ。

（なんだか、考えてることを読まれたみたい……）

振り返るとメイドはもう、きびすを返して暗い廊下を足早に戻っていくところだ。その後ろ姿を見ていて、ローズはもうひとつ変な気がした。メイドボックスの中身はごくありきたりの暖炉掃除の道具だったが、普通それを使うのは午前中だし、黒の制服に白いエプロンで掃除はしない。

そんなことをしたら、せっかくの真っ白なフリルつきエプロンが、一遍で使いものにならなくなってしまう。だけどそれならなんで彼女はこんな時刻、使いもしないボックスを下げて歩いているんだろう。それにあのキャップの下から覗く白いうなじが、どこか見覚えのある気がするんだけど……

だがいくら怪しんでみたところで、背の高いメイドの姿は廊下の暗がりに溶けたように消えてしまっている。まだ少しためらいながら、図書室といわれたドアに近づいて耳を押し当ててみたが、中からは話し声も人の気配も伝わってこない。まだ奥様方はサロンにいるのだ。そおっと押してみると、鍵はかかっていないらしい。

だったらぐずぐずしないでいまのうちに！　ドアを押して作った、自分の身体が辛《かろ》うじて通れるだけの隙間から身を滑りこませて、しかしローズは目の前に現れた予想外の情景に、目と口をぽかんと開けて立ちすくんだ。それは太い円筒形の空間で、弧を描く壁はすっかり本の背で埋まっていて、しかも一階からの吹き抜けなのだ。いまローズが立っているのは、二階の高さに巡らされた輪形の回廊の上だった。

上を仰げばぼんやりとドーム形の天井が見え、手すり越しに下を覗けば円形のラグを敷いた床に読書用の椅子が何脚か置かれている。四角い部屋の隣にこんな円い、円塔の内側のような部屋が続いているというだけで、なにかのからくりの中に紛れこんでしまったような、不思議な気持ちがする。

オイルランプの壁灯におぼろに照らされた回廊を、本の背が埋めた壁を左手に見ながら歩いていくと、半周もしないうちにローズはそれに出くわした。ガラス越しにこちらを見ている大きな双眼に、一瞬「ヒッ」と声が出そうになるくらいびっくりしてしまった。本棚が途切れて、作り付けの飾り棚になっている、大きな板ガラスを嵌《は》めた中に人が立って入れるくらいの縦長の空間があって、そこにミイラらしいものが立ててあるのだ。

金色に塗られ、黒い髪の毛に囲まれた顔。ずんぐりした身体の前には、広げた翼とか、甲虫のようなものとか、人間らしい形、奇妙な文字とも模様ともつかないものが、青や赤や黄色で一面に描きつけられている。これはミイラそのものではなく、ミイラを入れた人型のお棺なのだろう。だとしたら大きさは案外小さく、大人は入れそうにない。そして色彩はずいぶんあざやかで、ニスを塗られた新しい家具のようにてかてかして見える。

つまりそこにあるのは、あまり出来の良くない大きなお人形のようなもので、格別恐ろしいこともまがまがしい感じもしない。それでもこの中に本当に、包帯でぐるぐる巻きにされた人間の死体が入っているんだと考えると、やっぱり気味が悪くなってくる。間違っても動き出したりしないで欲しいと、真剣に思わずにはいられない。

(動かなくたって充分気味が悪いけど。それにしてもわざわざお墓を掘り返して、死体を持ち出して運んできて、それをこんな風に飾ったりするなんて、変な感じ。全然気が知れないや——)

そんなことを考えながらもう一度お棺の顔を見ると、それがかすかに揺れながら、分厚い唇を震わせて笑ったような気がした。まさか。怖いと思うから、ますます怖く見えてしまうだけだ。だれも来ないうちに行こう、と振り返ったローズだったが、

「おや、これは驚いた。先客がいたとはな」

そんな声を聞いて、今度こそ棒立ちになった。ローズが入ってきたのと同じドアを開けて、入ってきたのはミスタ・グレンフェル。だいぶ酔っているのか、頰が赤らんで、口髭の下の唇に浮かぶ笑いに締まりがない。嫌だな、と胸の中で思う。ふるさとで、地主のトンプソン様の屋敷で臨時雇いのメイドをしていた頃、からかわれたり、変なことをされたりするのは、相手が酔っ払いの場合が多かったからだ。

「君は、レディ・ヴィクトリア・シーモアのレディズメイドだったな。まさか君も考古学趣味があるのかい？」

ウェストコートのポケットに親指を引っかけて、ぶらぶら回廊を近づいてくるミスタ・グレンフェルに、ローズは急いで「とんでもございません、サー」とかぶりを振る。スカートの襞を左右両手でつまみ、片膝を折って深々と頭を下げると、相手の歩調に合わせて素早く逆向きに遠ざかる。馬鹿にしきった口調がむかついたけれど、こんな男に腹を立てるのもアホらしい。場末のジン酒場で酔いつぶれる貧乏人親父も、ブランディやシャンパンを浴びるように飲む紳士も同じこと。酔っ払いは嫌いだ。

「ふうん。だけど、このミイラが夜になると動くって話くらいは、君だって聞いているんじゃないの?」

「ええ、それは……」

「実はぼくも、そこに興味を引かれてやってきたんだ。ただのミイラというだけなら、いまさらそれほど珍しいってものじゃないし、ぼくは学者というよりは詩人の気質なんでね。しかしこうして眺めたところでは、ずいぶんと安ピカなしろものじゃないか。いまひとつ霊感が湧《わ》かない。大英博物館の展示と較べてもずいぶんと品下がる。下町の見世物小屋とまでいうつもりはないが、せいぜいがエジプシャン・ホールの客寄せだな。やや失望ってところだ」

途中で足を止めて、いかにも思い入れたっぷりに、ガラスの向こうに収まったミイラの棺《ひつぎ》を眺めやったミスタ・グレンフェルは、はあっとため息をつきながら乱れた髪を掻き上げる。当人にとっては、それがいかにも詩人らしい身振りのつもりらしい。彼の目が逸れた隙に、ローズは前を向いたままじりじりと後ずさる。あともう少しで、応接間側のドアにたどり着く。

「せめて元の持ち主だというミス・コルシから、詩情ある由来譚《ゆらいたん》なりと聞けるかと思ったところが、ミイラは動きません、死んでいますから、だとさ。なんと散文的な。詩聖ダンテを生んだイタリア、ベアトリーチェの血はどこへ消えたやら。ははは」

つまらなそうな笑い声を片耳で聞きながら、ローズは身体の後ろに回した手で応接間に続くドアの取っ手を探り当てていた。急いで押し開けようとしたけれど、気がせいているせいか、そのドアが開かない。

「彼女はその存在自体はなかなかに詩的といっていいが、女ライオンは檻《おり》の外から眺めるのがせいぜいだ。下手に手出しをすると、頭からかじられかねない。その点はメイド君、君のご主人の方が遥《はる》かにそそられるな。普段社交界にはお出ましにならない、そのお顔を拝めただけで幸いとするべきか。あれで四十近いとは信じがたい。十六、七の歳頃なら、それこそ頬を恥じらいの紅に染めた薔薇《ばら》の花のような美少女振りだったろう。その凄腕《すごうで》で老シーモア子爵を手玉に取って、妻の座をせしめたというわけか」

ローズは息を呑んだ。なにも知らないくせに、奥様のことをそんな風にいうなんて、と思えばはらわたが煮えくりかえる。でも相手は話の通じない酔っ払いだし、メイドがなにを言い返してもまともに取り合ってくれるはずがない。とにかく早くここを抜け出そう。身体の向きを変えて、両手でノブを回しながら押してみたけれど、なにかつかえているようで、やっぱりドアは動かない。けれど急にすぐ後ろで息遣いが聞こえて、ローズが振り返ったときにはそこにミスタ・グレンフェルの顔があった。腕が肩にかかって、胸元まで抱き寄せられた。酒臭い息がかかる。

(やだ。冗談ッ――)

両腕を突っ張って押しのけようとしたけど、逆に抱きすくめられながら背中を壁に押しつけられて、身動きができない。

「怒った顔が可愛いなあ。君、いくつ？　名前は？　恋人はいるの？」

頬を撫《な》でられて、ゾッと鳥肌が立つ。

「止めて、くださいッ」

「うぶなんだな。ああ、そうか。演技ってわけだね？」

「えっ、演技ッ？」

カッと頬が赤くなって、だけどあんまり腹が立ってことばが出てこない。そして、男はそんなローズの顔を眺めながらクスクス笑っている。

「なにもそう、むきになることないじゃない。なんでも貴族の真似をしたがる成り上がりのお嬢さんたちとは違って、君らメイドってけっこう上手に遊んでるんだって聞いたよ。兵隊や警官や、出入りのパン屋魚屋なんかとさ。ぼくが紳士だからって、心配することはない。君がいつもしているのと同じでいいんだから、楽しもうよ、ね？」

第四章　暴君は老いても暴君である

ノックの音は小さかったが、それだけでローズの目はぱっと開いた。次の瞬間、反射的に手を顔にやっている。だが起きて、洗面器の横にある小さな鏡を覗きこむより前に、ドアの隙間からシャルロッテの白い顔が現れて、

「だいじょうぶです。腫《は》れていないですよ」

という。昨日の夜は、あの後すぐに廊下側のドアが開いて、ミス・コルシを先頭にしてレディ方が現れた。ミスタ・グレンフェルは、さすがにたじろいで手を緩め、それをかいくぐって逃げ出したローズは、奥様の顔を見た途端、堰《せき》を切ったように涙が溢《あふ》れてきて止まらなくなった。悔《くや》しくて、腹立たしくて。

一夜明けてあんまりひどい顔だったら、奥様の前に出られなくなってしまうと、それが心配だったのだが、湿布《しっぷ》しておくといいといって、昨日の晩シャルロッテがくれた水で濡《ぬ》らした冷たい布のおかげだろう。彼女は今朝は部屋に入ってこず、片手に持った湯気《ゆげ》の立つ琺瑯《ほうろう》の水差しをドアの隙間から差し入れて、

「洗面のお湯、ここに置きます」

「すみません」

「きっと、レディ・シーモアが心配していらっしゃいます」

「あ、有り難うございます。なにからなにまで！」

「いえ……」

それだけいってシャルロッテの顔は消える。ベッドを出て、大急ぎでもつれた髪を梳《す》き、服を着た。ここは窓のない侍女用の寝室で、廊下を挟んで向かい側に奥様の寝室がある。昨日は侍女の仕事である、奥様のお世話も衣裳《いしょう》や宝石の手入れも、なにひとつ果たせないままだったから、とても気が咎《とが》めているけれど、とにかくお目にかかって元気な顔をお見せしなくてはいけない。せっかく運んでもらったお湯だから、顔を洗って鏡にちらっと目を走らせて、廊下を横切ってそおっと奥様の部屋のドアを開いた。すると待ちかまえていたように、ベッドを包む垂れ布の中から声があった。

「ローズ？」

「はい、奥様」

時刻は朝の七時。いつもなら、まだお目覚めになる頃合いではない。ご自分からカーテンを引いて起き上がった奥様に「ここへ来て」と手招きされて、ローズはベッドの端に腰掛ける。奥様は小首を傾げながらローズを見て、

「もう、涙は出ない？」

「だいじょうぶです。あの、昨日はすみませんでした」

　昨夜も図書室から逃げ出してきたローズを、両腕を広げて抱き留めてくださった。いつもつけていらっしゃる柔らかな花の香りの香水を嗅《か》いだ途端、どっと涙が出てどうしようもなくなってしまったのだけれど、

「嫌だわ、ローズったら、なにを謝るの？　わたくしこそ、あなたに謝らなくてはと思っていたのよ。やっぱり来なければ良かったって」

「えっ、でも」

「だってわたくしがあなたをこんなところに連れてこなければ、あの嫌らしい男に侮辱されることもなかったんですもの。可哀想に。怖かったでしょう？」

　いわれてびっくりした。奥様はなんでもお見通しなのかと思ったら、案外わからないんだなと思いながら大きくかぶりを振った。

「怖くはなかったです。ただ悔しくて悔しくて、すごく腹が立ちました。だってあのミスタ・グレンフェルは、まるで望んでいたのはあたしの方で、あたしから誘いをかけたみたいに思いこんでいたようなんです。止《や》めてくださいっていったのに、それもお芝居だと思われたみたいで、それがむちゃくちゃ頭に来てかーっとなって、もしもあのとき奥様たちが来てくださらなかったら、あのままじゃ済みませんでした。その気になったらあたし、あの人になんて負けなかったと思います」

「まあ、ローズ」

奥様は目を丸くされる。口に出してしまってから、ローズは急に心配になった。

「でも、あの、やっぱりやらなくて良かったかもしれません。無理にキスされそうになったからって、口に思いっきり嚙みつくとか、顔を血が出るほど引《ひ》っ搔《か》いて、口髭を引き抜くとかしたら、まずいですよね？」

奥様は両手の指先で口元を押さえていたけれど、よく見ると小さく笑いを洩らしていらした。呆れられただろうか。

「とんでもない。ローズ。あなた、すてきよ」

もう。奥様ったらご冗談ばっかり。

「冗談であるものですか。でもね、ローズ。いまのこの国では、女の置かれた立場は男より遥かに弱いし低い。いくら正しくとも、正面からぶつかれば傷つけられ、貶《おとし》められるのは常に女の方だわ。それは忘れないでね」

「覚えてます。奥様が前におっしゃいました。女は自分の身を守って意思を通すために、うんと賢く振る舞わなくてはいけないって。でも、そっちの方がずっと難しいです」

「そう、難しいわ。そして嫌なことね。わたくしたち女が故《ゆえ》もなく、ただ女であるというだけで男から侮辱を受けて、それに対して否《ノー》という。そんな当たり前のことが、当たり前に許されないなんて、不当だわ」

「怒っても、間違いじゃないですよね？」

「間違いであるものですか。でもあなたを守ってあげられなかったのは、やっぱりわたくしの罪なのよ。本当にごめんなさい」

そういいながら奥様はローズを抱き寄せて、やさしく頭を撫でてくださる。そんなふうにされると、また涙が滲《にじ》んできそうで少し困る。

「でも、わたくしも昨日の晩、小耳に挟んだわ。ミスタ・グレンフェルが言い訳のようにいっていたこと。自分が無理強いしたなんてとんでもない。あの娘から色目を使ってきたんですよ、とかなんとか」

「お、奥様。あたしは、絶対にッ」

ローズはあわてて顔を上げ、抗弁しようとしたが、

「そんな嘘、わたくしが信ずると思って？　とんでもない話よ。第一あなたがミスタ・グレンフェルと同じ部屋にいたのは、あのお茶の時間だけで、あなたは彼と目を合わせもしなかったじゃないの」

正確を期するなら、ローズは申し出てお茶の給仕を手伝ったので、ミスタ・グレンフェルにも求められてカップにお代わりを注いで手渡した。そのとき彼からじっと見られた気はするが、ローズの方は使用人の作法どおり、慎《つつ》ましく目を伏せていた。

「でも、少し変ね」

奥様は、独り言のような調子で続けられる。

「あの男が、近づいてくる女はすべて自分に気があると思いこむ、とんだうぬぼれ屋のお馬鹿さんだったとしても、ローズに目を付けるにはきっかけがなさすぎる気がするのよ。いくらあなたが彼の好みのタイプだったとしても、なんだか、そう、臭いわね」

奥様がいつも使わない、俗っぽいことばを口にされたのでローズはおかしくなって、それから急につい最近同じことばを聞いたのを思い出した。だれが？　モーリスだ。あっ、いけない！　夕飯の後に思いがけず現れたモーリスと、裏門のところで話をして奥様宛の封筒を渡されたこと。そんな大事なことを、いままですっかり忘れていたのだ。

ローズは、自分で自分が聞いてもわからなそうな切れ切れの言い訳を口走りながら、あわててワンピースの襟元を広げ、下着の中に手を突っこんだ。家でハウスメイドをしているとき、特に掃除や汚れ仕事が多い午前中は別として、接客やミス・シレーヌの代わりに侍女の役をするときは、ローズもコルセットを着けるようにしている。

とはいえそれは、若い淑女方がウェストを絞りまくる鉄板入りのものではなく、特に夏場のいまはそれほど厚手でもない。ただホックの並んだ前側にふたつ、小さな隠しポケットがついていて、大事なものはそこにしまえるようになっている。服の方にはポケットはないので、これがなにかと便利なのだ。だいじょうぶ。なくなってはいない。少し皺にはなってしまったけど。

奥様は受け取った封筒をしげしげと眺めていたが、ローズに命じて化粧台に置いてあった小さな鋏《はさみ》を持ってこさせ、封筒の底を慎重に切って中の畳まれた紙を引き出した。それはピンカートン探偵社のレターヘッドが入ったタイプ用紙で、

「そう。あのミイラに関して齟齬《そご》がある、というわけね……」

奥様は文面に目を走らせながらつぶやく。

「わたくしも結局、まだちゃんと見せてもらってはいないのだけれど、レオーネは、自分が見たときとは棺が取り替えられているようだといっていたわ。彼女はお茶に現れるより前に、ガラス越しだけれど一目見てきたそうだから」

「あたしも見たけど、入れ物はなんだか新しく見えました」

「ロード・ペンブルックが到着されるのは午後だろうから、その前にレオーネのエジプトでの話を聞きながら見学しようということになったのだけれど、ローズはどうする？　ミスタ・グレンフェルも来るでしょうけど」

どうしよう。あの男の顔なんて、もちろん見たくはない。でもエジプトの話は聞いてみたいし、今夜も明日も奥様はここに滞在されるのだから、いくら避けようとしても廊下で会ってしまうことだってあるだろう。自分の方が悪いことをしたみたいに、こそこそするのはなおのこと腹立たしい。

「ご一緒してもいいですか？」

「もちろんよ。でもその間は、できるだけわたくしのそばから離れないようになさい」

「はい、そうします」

うなずいてからようやく、その前にベッド・ティをお持ちしなくてはと、侍女本来の仕事を思い出したローズだったが、

「待って。この封筒、モーリスから渡された後は、ずっと身につけていて？」

「はい。コルセットの中に。寝るときは外して椅子に掛けましたけど、ポケットの中のものはそのままです。あの、なにか？」

「見て」

奥様が小さなその封筒を指先でつまんで、ローズの目に近づける。合わせ目に探偵のイニシャル、『WE』が殴り書きされているのも、何度か見た覚えがあったが、

「わかるかしら。イニシャルの線が少しずれているわ。それに滲みかけている」

その意味するところはローズにも理解できる。だれかが蒸気で湿らすかして、封筒を開いてまた戻したのだ。中を盗み見るために。だれかってだれが？　機会があったのは昨夜、ローズが眠っている間だけだ。ベッドまで付き添ってくれたのはシャルロッテで、そのまま眠ってしまったので内鍵はかけなかったけど――

「そんなに心配しなくてもいいわ、ローズ。格別重要な内容でもなかったし」

「でも、奥様」

「それよりも、これだけきれいに細工できるのに、肉眼で気づくほどイニシャルの線がずれているなんて、おかしくないかしら」

「あわてたから、じゃなくてですか？」

「でもあなたに気づかれないくらいそっと忍びこんで、封筒を持ち出せたんだとしたら、また戻すのに一、二分を争うとは考えにくいでしょう？」

それは、確かにそうだ。きっとそのときローズは、目の上に湿布の布を載せてぐっすり寝入ってしまっていたのだろうから。

「この封筒を開けただれかは、わたくしに気づいて欲しかったのじゃないかしら。つまりわざとこの線をずらした。でも、それはなぜ？　なにが狙《ねら》い？」

奥様はふうっと息をついて、髪を乱暴に搔き上げながらつぶやいた。もちろんそれは、質問というより自問自答の独り言だ。奥様にわからないことが、どうしてローズにわかるだろう。いつもよりは早い時刻だけれど、そろそろ起きる支度《したく》をなさりたそうにお見受けしたので、「では、その前にお茶をもらってきます」と、スカートを摘まんで礼をしてドアを開けたが、その場に棒立ちになってしまう。ドアのすぐ外にシャルロッテが立っていたのだ。ポットやカップ、ミルク入れを載せたお盆を両手で支えて。

「ベッド・ティ、どうぞ」

「わざわざ持ってきてくれたんですか？」

思いがけない親切に、ローズはポカンと口を開けてしまったが、シャルロッテは相変わらずの冷たいような無表情のままで、

「なかなか来られないので、心配でしたから」

「あ、有り難う。本当に、助かりました！」

「いえ」

小さく会釈しただけで、さっさと背を向けて行ってしまう。お盆を手に寝台の方へと引き返すと、肩にガウンを羽織《はお》った奥様がつぶやいた。

「ミス・ジェラルディンの侍女ね。色白で、金髪の」

「はい。本当に親切です、あの人。昨日だって、涙が止まらないあたしを寝室まで連れていってくれて、着替えを」

だがそこまでいって、ふいに（あっ――）と思う。外したコルセットを椅子の背にかけたのは、ローズじゃない、シャルロッテだ。彼女だったらそのときポケットに気がついて、ローズが寝入ってから戻ってきて手紙を抜くことも、戻すこともできたろう。

「そうね。彼女はとても親切だわ。昨夜《ゆうべ》もあなたの代わりに、わたくしの衣裳を片付けてくれた。それから昨日のお茶の時間には、会話の端がほんの少し聞こえただけだったけれど、わたくしのことがあなたたちの話題になっていたのじゃない？」

「はい、そうです」

ネリーが並べた奥様の悪口に言い返してくれたときは、すごく嬉しくて、そのときから彼女には好感を覚えてしまったのだが、

「あの人のおかあさんがパリで、奥様と同じ店で働いていたって、あれ、本当のことなんでしょうか」

そんな偶然があるものだろうか。口から出任せのようには、聞こえなかったけど。

「それはわからないわね。その人の名前も、姓もわからないのだし。でも手紙のことは、シャルロッテ以外に容疑者がいないわ。あなたがモーリスと会ったことは、その皿洗いの子から聞こうと思えば聞けるでしょうけれど、コルセットの中の手紙に気づけるのは彼女だけですもの」

「奥様、なんだか少し気味が悪いです」

「気をつけていましょう、お互いにね。それくらいしかいえなくて、悪いけど」

「とんでもないです。あたし、油断しないようにします」

ローズはお盆をベッド脇の小テーブルに下ろして、お茶を注いだ。だがポットに指を触れて思う。少し冷めていないだろうか。ただ地下のキッチンから、運んできただけにしては。だがシャルロッテがお茶の盆を手にしたまま、しばらくドアの外にたたずんでいたのだとしたら。そして奥様は、ローズの顔に浮かんだ表情をそのまま読み取られたらしい。冷め加減のお茶に口をつけながら、つぶやいた。

「あのドア、廊下から中の声が聞こえるほど薄いのかしらね……」

こうしてアルカディア・パークの二日目は、昨夜の騒ぎから尾を引く不安の中に始まった、とローズは思ったが、それはむしろいよいよ始まる本番の前の、遠く微《かす》かな序曲に過ぎなかった。この朝からわずか三、四時間のうちに、そのことを嫌というほど思い知らされることになる。

幸い天気は穏やかに晴れていたので、奥様とミス・コルシは明るい陽射しの下を散歩に出た。お伴はローズひとりだ。その日の夜はペンブルック伯爵とミス・アミーリア・クランストンを加えての晩餐会となるので、昼は軽めのビュッフェで済ませようという話になっているという。

「だったらお召し替えとか、面倒なことはいわれなくて済むな。十二時前に戻って、そのまま食堂に直行すればいいんだ」

ミス・コルシは今日も日傘は無し、細かく波打つ金髪は朝、ローズが見よう見真似で結い上げた。それがもう風に崩れかけているのを気にする風もなく、その上に申し訳のようにクラウンの低いストロウ・ハットを載せている。「でも昨日とは違う服だろ」と、少し色褪《いろあ》せて肘のあたりがすれてテカった、紺サージの男仕立てのジャケットから、豊かなバストを誇るようにぐい、と突き出してみせたミス・コルシは、

「今日のレディ・ヴィクトリアは、ずいぶんとオーソドックスな装いだな」

とからかう。確かに、縁にフリルのついた日傘に、リボンで顎に留めたボンネット、仔山羊革《キッド》の手袋と、今日の奥様は一分の隙も無い。おまけに襟元の詰まったデイドレスは黒と灰色の艶《つや》のないクレープ地で、美しいけれどずいぶん地味な印象だ。

「当ててみようか。間もなくご到着のペンブルック伯爵が気になるんだろう？　彼の逆鱗《げきりん》に触れないよう、未亡人《ダウィジャ》の慎ましさでお目見えってわけだ」

「そのとおりよ、レオーネ。相手はご高齢の上に、お務めが続けられないほどの病身なんですもの。いきなり度肝を抜いて、その場で卒倒されたら困るじゃないの」

「そうだな。顰蹙《ひんしゅく》の買い役はせいぜい私が引き受けるとしよう」

「やり過ぎないでね。きっと、とばっちりの行き所はレディ・ペンブルックだから」

「ああまったく、あの女《ひと》を見ていると、苛々《いらいら》してたまらない」

「それじゃ、当の伯爵が現れたら大変だわ」

「そう。実はもう後悔しているんだ。ヴィタ、貴女《あなた》には会いたかったし、自分に関わりのあるミイラのことは気になったから来たけれど、このご招待、断るべきだったんじゃないかって。私には変な勘はあって、悪いことはよく当たる。密林の木の上から人食いの豹《ひょう》に狙われたときとか、砂漠の部族同士の権力争いに巻きこまれて、和解の振りをした宴会でミント・ティのカップに毒を入れられたときとか」

「毒を?」

「うん。だが私が毒に気づいたってことは、この白人女は生かしておけってのが偉大なるアッラーの御意志だとやつらは解釈したからね。和解の儀式もその後はとどこおりなく進んだよ。もしも気づかずに飲んでいれば、女冒険家コルシはそれきり消息不明、死体は身ぐるみ剝《は》がれて砂に埋められて、今頃は新出来のミイラが一丁上がり、変わり果てた姿で里帰りする羽目になっていたかもしれない。欧米人がやたら土産にミイラを持ち帰りたがるから、最近じゃ死体を買い取って、そうやって新出来の紛いミイラに仕立てる業者も珍しくはないそうだ」

ローズは思わず「きゃっ」と声を上げかけて、あわてて口を押さえる。

「レオーネ、ローズをあんまり怯《おび》えさせないで」

「信じられないかな? この勘に加えてもうひとつ、私はもともと草原の羚羊《ガゼル》並みに夜は眠りが浅くて、短剣を持った盗賊に寝込みを襲われるとかがあれば自然と目が覚める。この特技のおかげで、いままで何度も危ういところを命拾いしてきたんだ」

「疑わないわ、あなたの勘も特技も。けれどここはアフリカではない、イギリスなのよ」

「豹はいないって?」

「わたくしに毒を盛っても、だれの利益にもならないのは確かだし、まさか伯爵の従者《ヴァレット》が暗殺者に早変わりもしないでしょうし」

「でも貴女はそうやって、好きでもない未亡人風の装いで身を鎧《よろ》っているじゃないか」

「攻撃も防御も時と所によりけりだわ。獣の牙《きば》や毒矢でなければ、これである程度防げると思うもの」

「だけどヴィタ、レディ・ペンブルックと会ってどう思った？　あれでまだ六十三歳。女王陛下より四歳も若いのに、仮面みたいに強張った顔に光のない目、鶏の足みたいに痩せこけた首筋に、シミだらけの皮膚がたるんで、生きたままミイラになりかけている。なにを訊かれても二言目には、主人がなんというか、主人に聞いてみなければってそればかり。ドレスの中で小さな身体を縮こめて、いつもなにかに怯えているようだ。伯爵との結婚生活で魂を蝕《むしば》まれて、あそこまで堕《お》とされたんだとしか思えない。姪のミス・ジェラルディンにはまだ意思の力が感じられたけど、彼女だってこの先もどこへも行けないまま伯父に飼い殺しにされていたら、いつまでそれが保《も》つかな」

　ローズはレディ・ペンブルックともミス・ジェラルディンとも、まともに顔を合わせる機会は持っていない。お茶の席でわずかに顔を眺め、声をいくらか聞いた程度だ。その範囲でだが、ミス・コルシのことばは的外れではないと思う。特にレディ・ペンブルックは、遠目にでもどこか、簡単には治らないだろう病気があるようにしか見えなかった。顔色も悪くて、豪華な刺繍《ししゅう》や襞《ひだ》飾りに覆われたドレスの重さに辛うじて耐えているだけ、とても不幸せそうだと思った。

「そうね、レオーネ。あなたのいうこと、正しいと思うわ。ロード・ペンブルックは男性的で権威主義的な、特にその家庭では絶対君主として妻子を従わせる、わずか一インチたりとも自らの意思に違《たが》うことを許さない人間らしいから」

「そして女は男の所有物で、いつでもベッドの要求に応えて、何人でも何人でも我が身がすり切れるまで、一族繁栄の弾《たま》である子供を産むのが務め。他のことはなにもしてはいけない、それが正義だと信じこんでいるんだ」

「彼の正義に照らせば、レオーネ、あなたもわたくしもとんだあばずれ女ね」

「ロード・ペンブルックの正義？　はっ！」

突然大声を上げたミス・コルシは、緑の草地を走り出した。その先は切り立った崖《がけ》だ。海に落ちこむ白亜の断崖なのだ。ローズはびっくりして、どうしていいかわからず奥様の方を見、奥様もあわてたように「レオーネ！」と声を上げたが、

「ロード・ペンブルックの正義なんて、私は認めない！」

崖のわずか手前で立ち止まったミス・コルシは、吹きつける風に向かって金の髪を振り立て、喉の限り叫んだ。

「そんなものは地獄の正義だ！　人類の半分を踏みにじって立ち上がる虚妄《きょもう》の正義だ！　愚か者、愚か者、最低最悪の暴君。貴様なぞアフリカ象の群れに踏《ふ》み潰《つぶ》されて、ナイル鰐《わに》に喰《く》われて、河馬《かば》の糞《くそ》になるがいい！」

その叫びが風に乗って海の上に吹きさらわれていく、それを見送ったようにしばらく前を向いていてから、くるっと振り向いた。白い歯を見せて高く笑った。

「いい気持ち。ああ、少しだけすっきりした」

「あなた、王立地理学協会での講演が中止にされたこと、それほど腹を立てていたの？」

「当然じゃないか、そんなの」

聞き返した顔からは、一瞬前見せた笑いは拭《ぬぐ》ったように消えている。

「学会員には私の支持者も少なからずいて、評議会での議論を耳に入れてくれた。ロード・ペンブルックは私を侮辱した。血筋正しい淑女ならともかく、サーカス芸人紛いのイタリア女を演壇に登らせるくらいなら、自分は直ちに学会を去るとね。私がその場にいたら、手袋を脱いで気取った横っ面《つら》を打ちのめしてやったのに」

ギリッと音立てて歯を食いしばったミス・コルシだったが、

「それじゃあレオーネ、あなたは彼に意趣晴らしするためにここに来たの？」

奥様に尋ねられて、ちょっと肩をすくめた。

「どうかな。私はまだ彼に紹介されるどころか、遠目に眺めたこともないから、彼が病身の、自分の価値観に杖《つえ》のようにすがりつかねば立っていられない、頭の固い惨めな老いぼれなら、哀れを催してなにもいう気にはなれないだろうし。実際会ってみたら思っていたよりいい人だった、なんていうことは、あり得ないと思うけど」

「そうね。わたくしも伯爵とは一切面識がないから、それについてはなにもいえないわ。でも、できればアミーリアの顔は潰さないで欲しいんだけど」

「貴女の顔は、ヴィタ？」

「わたくしのことは気にしなくていい。世間に向けるほどの顔はないもの。でもアミーリアはまだ、これから結婚を考えるお嬢さんだから」

「アミーリア嬢には、普通の結婚と女の幸せとやらを得させてあげたいって？」

「わたくしは必ずしも女権拡張論者ではないのよ、レオーネ。女性に圧倒的に不利な相続法や、離婚法は一刻も早く変えなくてはいけないし、選挙権と被選挙権は、いずれ階級も男女の別もなくすべての国民が持つべきだと思うけれど、一朝一夕にすべてを覆《くつがえ》しては別の弊害《へいがい》も出るでしょう。アミーリア自身の気持ちも決まっていないのに、自分だけは安全な岸辺に腰を据えておいて、もっと自由に生きろ、社会通念など捨ててしまえとけしかけるわけにはいかないわ」

「賢明なんだ、ヴィタ。そして慎重。老賢者といいたいくらい。おっと、失敬」

「謝る必要なんてないわ。来年には四十歳よ。わたくしに娘がいたら、孫ができても不思議はない歳ですもの」

「ちっともそうは見えない。ねえローズ、あなたのご主人はまるで不老不死の魔法の果実でも食べているみたいだね」

いきなり話しかけられて、なんだかぎくっとしてしまったが、半分言い訳のようにあわてて頭をめぐらせて、

「あっ、あのっ、駅の方から馬車が来ます。大きな馬が牽《ひ》く二頭立てのブルーム。真っ黒で、扉に紋章がひかっているみたい。伯爵様でしょうか？」

「早すぎないかしら。ロード・ペンブルックなら、夕刻にお着きの予定だとうかがっていたけれど？」

「どうやら間違いない。あれはペンブルック伯爵家の紋章だ。窓からミス・アミーリアが顔を覗かせている」

小手を翳《かざ》して目を凝《こ》らすのに、

「まあレオーネ、あなたの目のいいこと」

「これくらい、沙漠《さばく》やサバンナの狩人《かりゅうど》とは比べものにもならない」

奥様を振り返ってそういって、また前方へ目を戻す。

「馬車がアルカディア・パークの前に着いた。執事だけでなく、レディ・ペンブルックとミス・ジェラルディンも外まで迎えに出ている。若い男が真っ先に出てきた。近衛将校の軍服を着ている。彼が手を貸して、ミス・アミーリアと侍女が下りてくる。その後に、馬車の後ろに立ち乗りしていた従僕《フットマン》が、馬車の中に身体を差し入れた。やっと顔が見えた背の高い老人が、ロード・ペンブルックらしいな」

「伯爵はこの春に一度倒れて、それから右の手と足が少し不自由になられたと聞いているけど、従者はいないの？」

「それらしい人間は見えないな。馬車のステップを下りるのに、手間取っているようだ。さっきの若い男も、手を貸しているが」

いくらか高台になった岩の上から、長身を前に突き出すようにしてミス・コルシはそちらを注視している。奥様もスカートを摑《つか》んで隣の岩に登ったが、ローズはその足下に立っている。そこからは、アルカディア・パークの屋根が辛うじて見えるだけだ。だがそのとき、ミス・コルシと奥様が同時に声を上げた。

「あっ」

「あらっ？」

「どうしたんですかッ？」

「伯爵がいきなり、従僕を突き倒した」

「ええっ、そんな——」

「足がうまく動かないのに苛立って、使用人に当たっているんだな。ステッキを振り上げながらぐらついた身体を、軍人が横からあわててささえた。執事とレディ・ペンブルックも駆け寄ったが、今度はそちらに伯爵の怒りが向いたようだ。左右から差し伸べられた手を振り払って、顔を真っ赤にして怒鳴《どな》り散らしている」

「夫人はお気の毒に、ミス・ジェラルディンとふたりで肩を寄せ合って身を縮めているばかり。あれではアミーリアも手を束《つか》ねるしかないでしょう」

「ああ、まったくな」

「なにが原因か確かなことはわからないけれど、目下のご機嫌は最悪」

「そういうことだ」

「困ったこと。つまりわたくしたちが伯爵に初対面の挨拶をするには、これ以上ないくらい最悪のタイミングじゃない」

フッとため息をついてみせた奥様だが、そのお顔をローズがあおぐと、なぜか口元には悪戯《いたずら》っぽい笑みが浮かんでいる。

「だが、だからといって逃げ出すわけにもいくまい？」

「当然よ。それに必ずしも不都合ばかりじゃない。これ以上事態は悪くなりそうにないもの。玄関ホールの外で挨拶を済ませられれば、出て行けと怒鳴られた場合、馬車をお借りしてそのまま駅まで送ってもらえばいいんですものね」

「違いない」

ミス・コルシが大きく歯を見せて笑う。本当に、ライオンみたいとローズは思う。

「好きだな、ヴィタ。貴女のそういうところ」

「まあ、有り難う。わたくしもあなたが好きよ、ライオンさん」

ミス・コルシに微笑みを返した奥様も、なんだかいつもと雰囲気が違う。寡婦《かふ》らしい黒と灰色のドレスを着ているのに、かえって若々しく、少年っぽく見える。

「そうと決まったら」

「先手必勝ね」

「よし行くぞ。突撃だ！」

「ええ、レオーネ！」

思い切りよくスカートを持ち上げて、ミス・コルシが走り出す。奥様が畳んだ日傘をローズに渡し、後から負けじと続く。

「奥様ッ？」

「あなたは後からいらっしゃい、ローズ！」

そうはいわれても、ひとり取り残されるのも怖い。日傘を両手で握りしめ、ぱたぱた後を追いかけた。そして見たいとも思わないのに、アルカディア・パークの白い階段を背にして黒々と立っている、ロード・ペンブルックの姿が目に入ってしまう。丈の高いトップハットをかぶっているせいで、なおのこと長身に見えるのだろう。ステッキの頭に両手を乗せ、黒いコートを着た肩をそびやかしたところは、鋭く突き出た鼻の線に大きな口髭の印象も加わって、人間というより大きな鴉《からす》のようだ。その上灰色の目はぞっとするほど冷たくて、凝視された人間を一睨《ひとにら》みで射貫《いぬ》いてしまいそうだ。

その目がこちらを向いていたら、ローズはその場で石になってしまったかもしれない。でも幸い、伯爵が顔を向けているのはローズの方ではなかった。レクサム伯爵夫妻が開かれた玄関ドアから現れて、「やあやあ」と賑やかな声を上げていたのだ。

「お久しぶりですな、義兄上《あにうえ》。引退なさるらしいなどという噂も聞いたので、ずいぶんと心配してしまいましたが、どうして、一向にお変わりないようではありませんか。これだから噂などというものは当てにならん」

「本当に、お兄様。安心いたしましたわ。お倒れになったと聞いたときは、本当に心臓が止まりそうでしたのよ」

「自分の身体のことは自分でわかっている。だれが引退などするものか」

ムッとした顔でいい返したが、実妹の夫に対しては、さすがに使用人や家族の女性に対してとは違い、頭ごなしに怒鳴りつけるわけにはいかない、ということらしい。

「でもこのお屋敷はとてもすてき。室内装飾は品があって、アダム風で少し古めかしいところもあるのに、設備はどれも最新で快適ですのよ。隠居所としてなどではなくても、お兄様もきっと気に入られるわ」

「馬鹿をいうな、アグネス。私はただ女王陛下から賜ったおことばに従って、やむを得ず短い休暇を取ることになったのだ。この館も私が求めたわけではない。妻が勝手に無駄遣いをしおって、まったく腹立たしい限りだ」

口に含んだものを吐き捨てる調子とともに睨みつけられて、その視線の先でレディ・ペンブルックがびくっと肩を震わせる。

「あ、貴男《あなた》――」

「わかっているのだろうな、セシーリア。おまえが私の許しも得ずに、こんな屋敷を用意したこと、認めたわけではないぞ。なんの魂胆があってか、きっと本当のことを話させてやるからな」

「わ、私はただ、貴男様のお身体のために良かろうと、それだけを思ってのことなのです。女の浅知恵かもしれませんが――」

青ざめ震えながら、レディ・ペンブルックはようやくそれだけ答えたが、

「まったくいい加減にせんか。身体はどこも悪くはないと、いくらいえばわかるのだ。そうやって女の益体《やくたい》もない繰り言を、幾度となく聞かせ続けられる方がよほど気に障るわ。心配だ心配だと繰り返して、人を本当に病人にする気ではあるまいな！」

「ご婦人方は心配なさるのもお役目のうちですよ、閣下」

青年軍人が取りなし顔でことばを差し挟み、

「それにロード・ペンブルック、ここからロンドンは大して遠くありませんもの。陛下のご命令どおり休暇を取った形にはなるけれど、お声があればすぐにお戻りになれますわ。ちょうどいい距離ではありません？」

ミス・アミーリアがちょっと甘えた口調で微笑むと、それにすかさず青年がうなずいてみせる。

「レディ、あなたのおっしゃるとおりです」

「有り難う、ペインズワース少尉」

親しげな視線とことばを交《か》わしたふたりだったが、そのミス・アミーリアが目を輝かせながら「あらっ」と声を上げたのに、軍人と伯爵はようやく気がついて背後を振り返った。青年軍人も、そして苦虫を嚙み潰していた老伯爵も、さすがに驚きの表情は隠せない。それは無理もない、とローズも思った。なにせ彼らの目に飛びこんできたのは、長短背丈は対照的なふたりのレディが、土埃《つちぼこり》を蹴立《けた》てて丘を駆け下ってきた姿だったからだ。

（でもレディって、大声で笑ったり叫んだりしないのと同じに、スカートを摘まんで坂を駆け下りたりはしない、ものだよね？……）

だが、ミス・アミーリアもふたりの友人だけのことはあった。いきなりの突撃に、驚いたとしても顔には出さず、

「ロード・ペンブルック、ペインズワース少尉、ご紹介させてくださいな。こちらのおふたりはわたしの大切なお友達。レディ・ヴィクトリア・アメリ・シーモアと、ミス・レオーネ・コルシですわ。おふたりとも世界を広く旅行していらして、それはそれは話題も豊富ですのよ」

ふたりの正体を知った伯爵の眉が震える。口が開いて、いまにもそこから雷鳴のような怒声がほとばしるか、とローズは息を呑んだが、そんな危機的瞬間が訪れるやもしれぬと、あらかじめ警告を与えられてでもいたのだろうか。隆《りゅう》とした軍服姿に短く刈った黒褐色の髪、若々しい薔薇《ばら》色《いろ》の頬に小さな口髭を立てた青年がすっと前に出ると、

「やあ。するとこちらが故チャールズ・シーモア子爵の魂を射止めた、伝説のレディでいらっしゃる。私は近衛少尉、アンソニー・カーク・ペインズワースと申します。祖父はロード・ペンブルックの友人のサー・ジョージ・ペインズワースです。これまでご挨拶の機会もありませんでしたが、私たちの間にもいくばくかの繋がりはあるのですよ。私の父方の大叔父であるロード・ペインズワースが、故子爵の妹君のレディ・シルヴィアと結婚しておりますから。以後、ご昵懇《じっこん》に。ああ、そしてあなたが美しき女探検家、ナイル水源の征服者、名高きナポレオーネ・コルシ嬢ですね。ご名声はかねがね耳にしておりましたが、お目にかかれて光栄です」

ペインズワース少尉は興奮の様子も隠さず、立て板に水の勢いでまくしたてながら、初めに奥様の、次にミス・コルシの手をいただいて、手の甲に口づけの仕草《しぐさ》をする。思いがけない成り行きに息を詰めながら、奥様の日傘を胸に抱きしめて身体を硬くしていたローズだったが、ふと気がつくとミス・アミーリアがこちらを見ている。共犯者に向かって、目で合図しているような表情だ。

奥様とミス・コルシは両手でスカートを摘まみ、膝を折って、宮廷風の礼《カーテシー》をしている。

ロード・ペンブルックは険《けわ》しい表情を微塵《みじん》も崩さぬまま、太い眉を寄せ、唇を噛んでいたが、フンと鼻を鳴らして横を向いた。顎をしゃくった。執事のグレイブスがすばやく左に寄り添うと、その手に片腕を預けてゆっくり玄関に向かって歩き出す。その左右にレディ・ペンブルックとミス・ジェラルディンが歩調を合わせるが、ふたりとも手は出さない。目も向けない。しとやかに目を伏せて歩いて行く。足下がいかにおぼつかなくとも、執事なら辛うじて手を貸すのを許すが、女性に気遣われるのは断じて我慢できない、ということらしい。

「やれやれ、祖父が来られなくなったので伯爵はお冠ですね」

ペインズワース少尉が、ミス・アミーリアに話しかける。

「いいえ。おかげさまで、あの程度で済んだんですわ」

「私が役に立ったんですか?」

彼が軍人にしては開け広げすぎる笑顔になって、なにかを期待するようにミス・アミーリアの方へ一歩踏み出したのに、令嬢は花のように微笑んで、

「ええ。ですからもう少し、お相手をしてさしあげてくださいな。わたしたちとはまた後で、ゆっくりお話しする時間が持てましてよ」

「仰せに従いますよ、ミス・アミーリア」

ペインズワース少尉は、苦笑しながらこちらに一礼してロード・ペンブルックたちの後を追う。馬車に積まれていた三人分のトランクは外に積み上げられ、伯爵に殴り倒された気の毒な従僕と、中から出てきた男性使用人たちがそれを運び始めている。残ったのは三人のレディと、ローズと、ミス・アミーリアの侍女のリジーだけだ。ミス・アミーリアは手柄顔に奥様とミス・コルシを見て、

「取り敢えず、第一関門は通過しましたわね。初対面のときが一番心配だったんですの。殿方は一度でも癇癪《かんしゃく》を起こしてしまうと、後で頭が冷えて後悔しても引っこみがつかなくなりますでしょ？　うちのおじいさまだって似たようなものだけど、ロード・ペンブルックは少し沸点《ふってん》が低すぎるから」

邪気もなく、にこにこ笑いながらいうミス・アミーリアに、奥様がため息交じりに聞き返す。

「つまりあの少尉さんを連れてきたのは、わたくしたちのための弾よけということ？」

「本当は彼のおじいさま、サー・ペインズワースが本命でしたの。ロード・ペンブルックとはパブリック・スクール時代からの旧友で、一番親しくされていたということだったし。でもなにか急用ができて、来られなくなってしまわれて、それならあの方でもいないよりはましだと思ってお誘いしてみましたの。心配だったけれど、幸い思ったより役に立ってくれましたわ」

いとも無邪気に、自分に好意を持っているらしい青年を道具扱いするミス・アミーリアに、ミス・コルシが口の中で「容赦ないなあ」とつぶやいたが、それはお嬢様の耳には届かなかったろう。いや、届いたとしても意味がわからなかったかもしれない。

「でもアミーリア。彼はどうやら、あなたに少なからぬ関心があるようだけれど」

「もちろん、悪い方ではないと思うわ。軍服姿はとてもすてきだし、乗馬もよくなさるということだし、わたしも、愛想《あいそう》のいい笑顔はたっぷりさしあげたことよ。それ以上を期待されても、困りますけれど」

いってしまってから自分で自分の大胆なことばに戸惑ったように、ミス・アミーリアはぱっと頬を紅に染めた。

「あら、そんな。誤解なさってはいやよ、マダム・ヴィタ」

「わたくしは誤解しないわ。でも気をつけて。あんまりあなたの魅力を全開にすると、男性は誤解することもあり得てよ」

「だいじょうぶだわ。あの方は紳士ですもの」

あまりだいじょうぶとはいえないのではないか、とローズさえ思ったが、

「それに彼は自分から来たがったんですよ。噂のミイラに興味があるんですって。以前知り合いのところで、パーティの余興代わりにミイラの解包会《アンラッピング》があったのに、行き損ねてとても残念だったといっていらしたから」

「ミイラを、どうするんですか？」

ローズはぞっとして思わず口を挟んでしまったが、ミス・アミーリアは無邪気に繰り返す。

「アンラッピング。包帯を解くの。人型の棺の中のミイラは、麻布でぐるぐる巻かれているのだけれど、その間には宝石や護符やいろんな遺物が隠されているんですって。だから順番にその布をほどいていくのよ、ミイラが出てくるまで。保存のいいミイラだと、髪の毛まで残っていたり、顔の表情もわかったりするんですって」

「六十年以上前に、イタリア人のベルツォーニって興行師が始めて、ロンドンで流行させたとは聞いたことがあるわ」

「ピカデリーのエジプシャン・ホールなんかで、入場料を取って開かれたのでしょう？　マダムはご覧になったことがあって？」

「まあアミーリア、わたくしもエジプトではミイラを見たことがあるけれど、ロンドンでそういう催しが流行《はや》ったのはずいぶん前のことで、とっくに廃《すた》れたと思うわよ」

「どうしてかしら。宝探しみたいで、なんだかわくわくしない？　でも、いま流行していたとしても、うちにいたらおばあさまが絶対そんなものを見せてはくれないから、もしもここで見られるならちょっと楽しみ」

「それは、でもきっとロード・ペンブルックのお気に召さないでしょう」

「そうかしら。わたし、なんとかお願いしてみるつもりよ。それに、他でもないミス・コルシがいらっしゃるんですもの、きっといろいろ説明してくださるわ」

可愛らしく小首を傾げてみせるのに、ミス・コルシはなにもいわず、ぷいと身体ごと向きを変えて伯爵たちが消えた玄関の方へ歩き出す。どう見ても、なにか気に障ったという様子だった。しかしお嬢様は、いままで一度も他人からそんな態度をされたことがなかったに違いない。訳がわからずただもうびっくりしたという顔で、見開いた目をパチパチさせながらその後ろ姿を見送っていたが、

「どうかなさったのかしら、マダム。わたしの気のせいかしら。いまあの方、怒ったみたいな、なんだかとても怖い顔をしてらっしゃらなかった?」

「そうね。わたくしにもそんな風に見えたわ」

「けれどわたし、なにも失礼なことはいっていないでしょう?」

「そう、ね――」

「でも実をいうと、口には出さないまま思っていたの。彼女のサージのドレスは、伯爵家のご招待に着るには少し古びてやしないかしらって。だって、肘のあたりは色が抜けていたし、袖口は少しすり切れていたし。あの方ってときどき、すごく察しがよくて、口に出さないことも気づいてしまわれるから、もしかしてそのせいかしら。そんな風に考えていたことを、見抜かれてしまったのかしら……」

ミス・コルシは勘がいい。それはそのとおりだ。でも彼女は自分が選んだ服装をどんな目で見られようと、気にも留めないだろう。彼女が怒ったとしたら、もっと全然別の理由のはずだ。ローズには自明のそれが、ミス・アミーリアにはわからない。ミス・アミーリアにとって、着るもののことは一番の関心事だから。人間はどんなことでも自分を基準にして考える。そしてそこからはなかなか足を踏み出せないものなのだと、ローズはひとつ真理を発見したような気がした。

第五章

死者は生者を呪詛《じゅそ》するか

昼食の後、ミイラ見物のために図書室に集まったのは、ペインズワース少尉とミスタ・グレンフェルの男性二名に、ミス・アミーリアと侍女のリジー、ミス・コルシ、奥様とローズだった。ローズはまだ少し迷ったのだけれど、ミスタ・グレンフェルになんか意地でも負けるものか、と思い直した。奥様たちもすぐそばにいらっしゃるんだし、なにもできるわけがない。

一階の廊下側から扉を開けると、二階まで吹き抜けた円筒形の空間が現れる。二階の輪形の回廊を支える白い柱が、弧を描く壁に沿って並び、扉の枠や半円アーチ、書架《しょか》は白く、壁は淡いピンク色に塗られている。見上げれば天井にも、同じピンクに白で連続模様のレリーフ装飾がついて、ミス・アミーリアは、

「まあ、コリント式円柱にアカンサス文様のドーム。なんてすてきなの。在りし日の古代ローマの貴族の館は、きっとこんな風だったのでしょうね！」

はしゃいだ声を張り上げる彼女に寄り添って、気取った仕草でその柱や天井を示しながら、にこやかに説明を加えるのはミスタ・グレンフェルだった。

「建築家ロバート・アダムは、二十六歳でイタリアに遊学し、古典芸術を学んで我が国に持ち帰ったといいます。それが時代の趣向に合い、ジョージアンの定番スタイルとなったわけですが、こちらの図書室の装飾はその中でも出色の出来ですね」

「最近の、壁一面少しの隙間もないくらいやたらと飾り立てるのは嫌いだわ。わたし、インテリアはアダム・スタイルが一番好き。簡素で典雅で。そして椅子はチッペンデールね。なんて優美なラインなんでしょう」

するとミスタ・グレンフェルとは反対側の横に立ったペインズワース少尉が、肩をすくめながら混ぜ返す。

「しかし残念ながらチッペンデールは、座り心地がいいとはいえない。あの細い背板と肘掛けの間で一時間過ごすのは、ちょっとした拷問ですよ、ミス・アミーリア」

「でも、目には快くってよ」

「見る目を持たない人間には、なんであろうと路傍の石同然だろうがね」

「おや、これは聞き捨てならないね、ミスタ・グレンフェル」

「だれもあなたのことはいっておりませんよ、ペインズワース少尉」

ふたりの男が自分を挟んで皮肉の応酬を始めるのに、ミス・アミーリアは楽しそうだ。変なの、とローズは思う。でもおかげでミスタ・グレンフェルは、ローズになど見向きもしないからそれは助かった。

昨日の夜は、少しばかりのオイルランプの明かりでは、図書室の室内がちゃんと見えたとはいえなかった。いまは縦長の窓にかけた紗布《しゃぎぬ》のカーテン越しに、昼の光があたりを明るませていて、印象がまったく違っている。ミス・アミーリアが真っ先に感嘆の声を上げた頭上のドーム天井は、ローズも大いに気に入ったが、思ったことは、

(この色って、ベッツィが作るイチゴのババロアみたい……)

だった。きれいな淡いピンク色に白。ボウルに流してお皿の上にポコンと抜いたババロアに、泡立《あわだ》てたクリームでこんな模様を絞り出したら、凹凸は逆だけどきっとこれとそっくりで、すごく見栄えがするだろう。花や渦巻きや羽根みたいなのや。帰ったらベッツィに教えてあげなくちゃ。

「さて、そのミイラというのはどこにあるんだ?」

と、ペインズワース少尉。

「ここからでは見えないが、二階の回廊に上がればすぐわかる。ガラスを嵌めた戸棚の中に立たせてあるんだ」

ミスタ・グレンフェルが応じた。

「つまり、君はもう見ていると」

「ガラスの外からだけだがね」

それが聞こえて、ローズは思わずびくっとなってしまう。

「すると、この螺旋《らせん》階段を上がるんだな。ひとりずつでないと無理なようだ。ご婦人方からお先にどうぞ」

「ローズ、リジーと先にお行きなさいな」

奥様がいってくれてほっとした。レディたちの後になったら、いやでもミスタ・グレンフェルに背中を向けることになってしまうからだ。遠慮がちにためらうリジーの腕を取って、螺旋階段に足をかけたとき、一度閉じたドアを開けて、ミス・ジェラルディンの侍女シャルロッテが現れた。

「ミス・コルシ、私もご一緒させていただいてかまいませんでしょうか」

「これはこれはマドモアゼル、君も古代エジプトの神秘に触れたい口かな?」

ミス・コルシが口を開くより早く、ニッと馴《な》れ馴《な》れしい笑いを浮かべて近づくミスタ・グレンフェルに、シャルロッテは相変わらずの無表情で答える。

「お時間はいただいてまいりましたので」

「ミス・ジェラルディンはおいでにならないの?」

奥様の問いに薄い水色の目を見開いて、小さくうなずいた。

「ジェラルディン様は、伯爵様が側からお離しにならないので、私に代わりによく見聞きしてくるようにとおっしゃいました」

「もちろんだとも。さあさあどうぞ、遠慮は要らない」

肩を抱こうとしたミスタ・グレンフェルの腕をするりとかいくぐって、シャルロッテはローズたちより前に階段を上がり出す。後に続きながらローズは、彼女がここに現れたことの意味を考え怪しんでいた。彼女が単なる侍女だとは思えないが、それなら正体は？いったいなんの目的でローズの持っていた封筒の中を盗み見たり、立ち聞きをしたりしているのか。もしかすると彼女が、奥様に手紙を書いてきた正体不明の『ミネルヴァ・クラブ』からの使者なのだろうか。そこから届けられた手紙には『当方よりのご連絡をお待ちくださいますよう』と書かれていたという。

（でもそれなら、とっくになにかいってきてもいいんじゃない？……）

図書室の一階はドアが廊下側の一ヵ所だけだったようだが、二階の回廊には二ヵ所ドアがある。円形の平面を時計の文字盤に見立てて、応接間に開いたドアが六時、廊下に繫がるのが九時の位置だとすれば、螺旋階段は十時と十一時の間に、そしてあのミイラ棺を納めたガラス戸の棚は一時と二時の間にある。吹き抜けの空間を囲む輪形の回廊は、それほど広くはない。細身の女性でも、横にふたり並べば避けようとしても肘がぶつかり合う程度だ。真っ先にそこに立った侍女三人が、回廊を進んで棚の向かって右手に立ち止まると、後から続いたレディ三人が二枚のガラスを鉛で繫いだ飾り棚の扉の前に、そしてミスタ・グレンフェルとペインズワース少尉が左手に立って中を覗きこむ形になった。

「ふーん、これですか。色が鮮やかで、あまり古いもののようには見えないな。大英博物館のミイラ室に並んでいる棺は、ほとんどがもっと色褪せていたり、壊れていたりしたけどね」

ペインズワース少尉が、ガラスに顔をつけるようにして覗きこみながらいうと、

「これはまた、なんとも子供じみた感想だな」

ミスタ・グレンフェルが鼻で笑う。自分も昨晩は似たようなことをいっていたのに、ペインズワース少尉のいうことにはすべて揚げ足を取らずにいられないらしい。

「修理はされて、上塗りくらいならされているかもしれないが、書き付けられた神聖文字も、女神の翼や神像の装飾も、なかなか美しく精巧なものじゃないか」

だが、ミス・コルシはにこりともせずにかぶりを振った。

「こうして見ただけでは断定はできないが、この棺は最近作られた模造品だと思う。その証拠に、ヒエログリフのテキストがこれでは意味が通らない。知識のない人間が文字の形だけを真似て描いたので、取り違えが起きている。私の記憶とも違っている」

「それでは、このミイラは偽物だってことですの？　でも、それではだれがそんな偽物を作らせたのでしょう」

「それはわからない。レディ・ペンブルックにお尋ねしたところ、この館を購入したときからミイラはこの場所に、この状態で置かれていたということだった」

「まあ。でもわからないわ。形だけ真似て作られた偽物なのだとしたら、それがどうしてミス・コルシがエジプトで手に入れたミイラだ、なんてことになったのでしょう。それも夜中に動く、なんて尾鰭《おひれ》がついて」

ミス・アミーリアは頬を膨らませる。子供がなにより楽しみにしていたおやつを、目の前で取り上げられた、という顔だ。

「義父が手放してからここに来るまでに、所有者は二、三人替わっているらしい。取引の記録に写真がついているわけではないから、その途中で元のミイラが失われて、模造品を売りつけられた者がいたとしても不思議はないだろう」

「あるいはオリジナルの棺がひどく破損してしまったので、それだけを元のものに似せて新しく作らせた、ということも考えられるわね」

「ああ、なるほど」

奥様のことばに軽くうなずいたペインズワース少尉が、

「ミス・コルシ、あなたは見ているんですか。その、ミイラの顔は」

「顔は私は見ていない。包まれていたし、マスクをつけていた、カルトナージュの」

「カルトナージュってなんですの？」

「亜麻布やパピルスを石膏《せっこう》で固めて、上に彩色したり金箔《きんぱく》を置いたりして飾るのね。マスクだけでなく、人型棺もそれで作ることがある」

ミス・コルシの代わりに奥様が答える。

「紙粘土細工《パピエ・マシェ》のようなもの？」

「似ているわね、あれほど軽くはないと思うけれど。エジプトのような乾燥した土地では、それが何千年経《へ》ても損なわれないまま出てくるの」

「まあ、やっぱりマダムもお詳しいんだわ。あの国もかなり長くご旅行なさったのでしょう？」

「普通に欧米人が旅する範囲ですけれどね」

「でも、お宅にはエジプトで求められた品はありませんでしたわね。わたしが見せていただいてないだけ？」

「いいえ。わたくしたちが旅行をしたときは、もうエジプトの古代遺品をお土産《みやげ》代わりに持ち出すことは法律で禁止されていたの。でもお金を持っていそうなイギリス人だと思われると、そういうものを売りつけようとする人がいくらでも寄ってきて、それこそミイラのかけらから紅玉髄《こうぎょくずい》の護符まで。それが厄介《やっかい》で困ったものだわ。もちろん買いませんでしたけどね」

「もったいないなあ！」

「どうせ偽物だよ、そういうのは。頭の軽い旅行者をカモにするための安ピカ品だ」

ふたりの青年は相変わらず、二言目には対立していたが、

「でもシーモア子爵はどこの国に行っても現地の人とすぐ親しくなれる方だったから、そのときも、友は騙《だま》さない、絶対偽物でない古代遺物をお目にかけようといわれて、真夜中にどこともわからない谷間の洞窟《どうくつ》に連れて行かれたわ。後から思えばテーベ西岸の、王家の谷からそんなに遠くないところね。秘密は必ず守ってくれとくどいほど念押しされて、君は残りなさいといわれたけれど、わたくしも若くて怖いもの知らずだったから、承知しないで一緒に行ったの。闇の中をロープ一本を頼りに岩を登って、トンネルの中を手と膝で這《は》って、ようやくたどり着いたのは、思いの外広い岩屋の中だった」

「まあ、どきどきする。なにをご覧になったの、マダム？」

「岩穴の奥いっぱい、山積みにされた人型棺、地面に散らばるスカラベやウシャブティ、カノポス壺。それは代々盗掘を商売にしている村の共有財産の隠し場だったの。崩壊した岩窟《がんくつ》墓や古代の墓泥棒が荒らした土の山から、めぼしいものを見つけては貯《た》めておいて、役人にばれないように少しずつ売りさばく。

でも、いまでもわたくしが忘れられないのは、棺から出されてまるで干し魚のように積み上げられているおびただしい数のミイラ。包帯を解かれて剝《む》き出《だ》しにされた顔が、黒い空ろになった眼窩《がんか》をこちらに向け、干からびた口元から歯を覗かせて、笑っているような、悲しんでいるような。そんなのが百も二百も、たいまつの火に浮かび上がっているところを想像してご覧なさいな、アミーリア」

「嫌だ、マダム、怖いわ――」

「どうして？　死んだ人は怖くはないわ。だって彼らは無力ですもの。ただ哀れ。可哀想だなって、子爵もおっしゃった。死後の永生を祈願してミイラ師に身を託したのに、美しい壁画で飾られた墓から運び出され、供物も護符も剝ぎ取られて、わずかに生前の面影《おもかげ》を残した顔を火明かりに晒している。名高く偉大なファラオであろうと、死後の運命には抗するべくもない。なんと人間とは哀しいものだろう、と。それからはわたくしたち、あの国から石のかけらひとつでも持ち出したくないと思ったわ」

「でもなんだか、すごくステキッ」

ミス・アミーリアは両手を口元に当てて小さく声を上げたが、頰にはほんのり血の色が昇っている。

「古代のロマンだわ。巨石を積み上げたピラミッドの下で遥かな過去を思い、ナイルの河風と蜂蜜《はちみつ》色の沙漠を眺めるのよね。やっぱり行ってみないとわからないことって、いくらでもあるんだわ。わたし、今度の冬はエジプトに行こうかしら」

「アミーリア、無茶は止《や》めてね。わたくしは旅慣れた子爵と一緒だったのよ。リヴィエラやニースに行くのとはわけが違うの。信頼できるガイドと道連れがいなくては無理よ」

「私がご一緒しましょう」

「いや、ならば私が」

またまた対抗意識を剝き出しにする青年たちに余裕の微笑みをくれて、ミス・アミーリアはガラスの中のミイラ棺を指さした。

「旅の計画はまた立てるとして、このミイラ、お棺の蓋を開けてはいけなくて？」

「おっと、そうですね。蓋を開ければこれが見せかけの贋《にせ》ミイラか、真物かくらいはわかるでしょう」

「勝手にしていいのかな。許可をもらわなくとも」

不機嫌さを隠す様子もなく、ミス・コルシがぼそりといったが、

「ロード・ペンブルックのお耳には、できるだけミイラのことはお聞かせしない方がいいんでしょ？　レディ・ペンブルックもいまはご一緒のはずだし。ねえ、そうじゃないの。シャルロッテ？」

「はい。いまはレクサム伯ご夫妻と、ミス・ジェラルディンもご同席で、サロンにおいでだと思います」

侍女が淡々とうなずいてみせる。

「ほら。見るだけならかまわないでしょう？」

そういわれてしまえば、奥様もミス・コルシにしても、反対する立場ではない。姫君のご要望だというわけで、青年ふたりがさっそく棚のガラス戸を開けにかかる。金具の油が切れているらしく、それとも手が四本では多すぎるのか、少し手間取っている。

「アミーリア」

横にどいてそれを後ろから見ているミス・アミーリアに、奥様が近づいて小さく声をかけた。

「ロード・ペンブルックは、このミイラのことはなにも知らないの？」

「ええ、ご存じないはずだわ。倒れて片手片足に麻痺《まひ》が残っているのに、侍従武官の職を辞するつもりはないってまだ頑張っているくらいですもの。アルカディア・パークを隠居所として購入したのも、ご主人の身体を心配するレディ・ペンブルックの独断だし、ミイラのことは内緒のままのはずよ」

「だったらあなた、わたくしとミス・コルシをどういう名目で招待させたの？」

「レディ・ペンブルックにはちゃんと申し上げたわ。ミイラのことが願ってもないチャンスだから、顔も合わせないまま反目したようなことになっている、故シーモア子爵の未亡人と旅行家のミス・コルシをお引き合わせしたいって。そしてロード・ペンブルックには、わたしの友人をご紹介させてくださいとだけ申し上げておいたの」

「まあ、呆れた。わたくしはてっきり、伯爵はすべてご存じだとばかり——」

さすがの奥様も二の句が継げないという顔だ。そしてミス・アミーリアは、悪びれもせずにニコニコと続ける。

「思い出して。わたしマダムにも、嘘はひとつもいっていないことよ」

「だけど現に伯爵は、わたくしたちを見ておかんむりだわ。あの場で出て行けといわれなかったのが、いっそ不思議なくらい。ひとつ屋根の下にいたからって、どうにかなるとも思えないんだけど」

「あら、ロード・ペンブルックのご機嫌はあれで普通よ。いえ、ずいぶんいいくらいよ。心配しないで、マダム。後はわたしが責任を持ってお取り持ちしますから」

「ミス・アミーリア！」

「棺を開けますよ」

青年たちに声をかけられて、

「待って。見たいから！」

ミス・アミーリアは嬉しそうにそちらへ行ってしまう。奥様はちょっとしかめ顔。そしてミス・コルシは眉を怒らせ、両腕を胸の前に組んで、棺に手をかけたふたりの様子を監視している。彼女はどうやらそれが気に入らない、とその表情を見てローズは思う。さっき不機嫌な様子で立ち去ったときも、ミス・アミーリアがミイラの解包を見たいといっていたときだ。でも、元々それをエジプトからロンドンに送ったのは、彼女自身だったはずだけど。

「この蓋は、ずいぶん軽いな。おまけに薄い」

「ああ。これは確かにパピエ・マシェ製みたいだ」

「しかし、中身は――」

「どうです、ミス・コルシ。あなたが知っているものですか？」

「そう。マスクの意匠や表情、身体に巻かれた亜麻布の状態にも見覚えがある。これは、間違いなく私が義父に送ったミイラだ」

「じゃあ、本物なのね！」

ミス・アミーリアの弾んだ声。奥様がすっと前に出る。ローズもその後に続いて、横から首を伸ばして開かれた棚の中を覗きこんだ。人型棺のあのテカテカした蓋は横に立てかけられて、内部がすっかり現されていた。金色に塗られ、黒い髪に囲まれた仮面の顔は、蓋の表に描かれていたのと似ているものの、ずっと力強く生気があって、黒く太い線で縁取られた大きな目には思わずびくっとなってしまう。その頭から顔、そして半円形の幅広い襟飾りのようなものまでが一続きの作り物で、布で巻かれたミイラの頭部にすっぽりかぶせられているらしい。

仮面が終わった下に続く身体は、ずんぐりとした薄茶色の塊《かたまり》だった。目を凝らせばなるほど、布らしい繊維の目が見えるけれど、包帯がぐるぐる巻かれているという感じではない。もっと幅の広い布で、全体が覆い包まれているようだ。マスクを別にすれば大きな枕みたいで、あまり人間らしく見えないし、第一これならミイラが目を覚ましても身動きすることはできないだろう。

「まあ、なんだか匂いがする。ミス・コルシ、これはなに?」

「埋葬に使われた香料だ」

「すごい。何千年も前の香りがいまも残っているなんて、ロマンだわ」

なにがロマンだか。変な薬臭い匂いとしかローズには思えなかったが、ミス・アミーリアはうっとりと身をよじらせながら「ああ。やっぱりこの包帯の下を見てみたい!」と口走り、

「やりますか?」

「もしもお望みなら」

「もともとロード・ペンブルックは、ミイラのことなんかご存じないのでしょう。だったら逆に、少しばかり楽しませていただいてもかまわないのでは?」

ペインズワース少尉とミスタ・グレンフェルは、いまにもミイラに手をかけそうな勢いだ。だがその前に、大きく腕を振って立ちふさがったのはミス・コルシだった。

「止めなさい。あなたがたにそんな権利はない」

そのぶっきらぼうな口調に、ふたりの青年とミス・アミーリアも鼻白《はなじろ》む。

「しかし正確にいうならミス・コルシ、現在このミイラはあなたの所有物ではない」

「正確にいうなら、ミイラは物ではなく人間だ」

「ははあ。つまりミイラの人権を問題になさると?」

「ライオンにも人権を認めていただけるなら、ミイラのそれが不問に付されねばならぬ道理はあるまい」

「驚いた理屈だ」

ペインズワース少尉は肩をすくめたが、

「キリスト教徒ではなくとも、死者を悼《いた》み、遺体を丁重に墓へ葬るのは人間の普遍的感情だ。自分に無縁な者の墓だからといって、好奇心以上の理由もなしにそれを暴《あば》くのは、忌《い》まわしい所行だとは思われぬのか？　もしもイギリスの墓地で同じことをすれば、墓暴きの死体盗人《ぬすびと》と呼ばれるだろう。忘れないでいただきたい。ここにあるのは、かつて我々と同じ人間だったものなのだ」

「だがこのミイラをエジプトから持ち出したのは、あなたご自身だったのでは？」

ミスタ・グレンフェルにそういわれて、ミス・コルシは眉を寄せる。

「そのことは後悔している。私の考えが足りなかった」

「その後、気持ちが変わられたのだと？」

「変わった。自分は間違っていた。古代の死者とその墓に対して、当然あってしかるべき畏敬《いけい》の念を欠いていた」

「身勝手だとは思われんのですか」

ペインズワース少尉が苦笑交じりに聞き返したが、ミス・コルシは平然と、

「非難は受け入れる。だが、人の気持ちは変わるものだ。より良く変われるなら、それをためらうべきではない」

「そうね。わたくしも同感だわ」

うなずいた奥様に、ミス・アミーリアが「まあ、マダム」と心外そうな目を向けたが、それ以上のことばは出ない。ミス・コルシがふたりの青年に、すばやく視線を投げる。それが『棺の蓋を戻しなさい』という意味だというのは、なぜかそばで見ているローズにも伝わって、反対されたらどうするのだろう、と思わずにいられなかったが、女主人に命令された使用人のように、彼らは無言のままそそくさとそれに従った。そうさせるだけの威《い》厳《げん》が、彼女の視線には籠《こ》められていた。

「法律が変わって発掘品の国外持ち出しが原則禁止されるようになっても、抜け道はいくらでもあるし、役人に賄賂《わいろ》を贈って目こぼしさせることも横行している。このミイラも法律施行《しこう》前にイギリス人の所有になっていて、規制の範囲にはかからなかったが、私はこれ以外、エジプトから古代の遺物を持ち出したことはない。これについても、エジプトに戻すべきだと思って義父に尋ねたが、そのときはすでに転売されて行方がわからなくなっていた。ペンブルックご夫妻は特に関心がないようだから、譲っていただけるならそうするつもりだ」

「エジプトに運んで、葬るとおっしゃいますの?」

ミス・アミーリアに問われてうなずくのに、

「発掘品を白人に売りつけるのは現地人だ。そんなことをしても、また掘り出されて売られるのが関の山ではないかな」

「それに、あなたも何度もエジプトを訪ねているのなら、よくご存じなのでは。あの国では古代から墓泥棒が横行していたという。偉大なファラオたちのピラミッドも地下墳墓も、近世になって白人がやってくる遥か以前に侵入され、ほとんど空にされていたはずだ。古来そういう人間の国ですよ」

「だから、墓泥棒の盗み残したミイラや財物を持ち出すのも、別段悪いことではあるまいとおっしゃる？　貧しさゆえに悪事に手を染めた彼らの所行を否定しておいて、その真似をするのが紳士の行動だと主張されるおつもりか」

ハッと鼻で笑われて、ミスタ・グレンフェルは怒りに顔を赤らめたが、ミス・コルシはそれ以上彼を追い詰めることはせず、

「あなたのいわれたとおり、ミイラを破壊したのは外国人だけではない。過去数百年エジプトのミイラは暴かれ、持ち出され、破壊されてきた」

「まあ、なんのためにですの？」

「擂《す》り潰《つぶ》して、薬として飲まれたのだ」

そばで聞いていたローズはゾッとした。薬？　死体を？　でも、道理で薬臭いはずだ。

「いまさらこのミイラ一体、戻して葬ってなんの意味があるか。意味などない。自己満足だとは承知している」

「いいんじゃないかしら、自己満足で」

奥様がにっこり笑いながら、その場の全員を見回した。

「数学の問題ではないのよ。正解はひとつと限らない。自分が満足できれば充分ではないかしら」

「ではふたつの相反する答えの、どちらを選択するかどうやって決めるのです？　ミス・アミーリアはミイラの解包が見たいとおっしゃる。ミス・コルシは反対する。棺に蓋をしてミス・コルシは満足されるだろうが、ミス・アミーリアは当然ながらご不満だ」

「そんなことありませんわ。もうよろしいんですのよ。わたしが勝手をいっただけですもの、ごめんなさい」

ミス・アミーリアがあわてたようにミスタ・グレンフェルを止めようとしたが、彼は笑いながらかぶりを振って、

「いやいや、どちらのレディも法的な所有権はお持ちでない以上、いわば条件は対等。とすれば後はご身分か、血統か、財産か、そのあたりどう思われますか？」

「あるいは美貌と品格ですかな」

と、これはペインズワース少尉。

「女性の価値はなにで決まるか、というお話？」

奥様が笑顔のまま聞き返す。

「でも、それは問題のすり替えというべきね。いま問われているのはどこまでも、このミイラの処遇についての選択。そうではなくて？」

ばつの悪そうな顔になったペインズワース少尉が、頭を掻きながら「ま、そうですが」とつぶやいたが、ミスタ・グレンフェルの方は悪びれるそぶりもなく、

「必ずしも違う問題だとは思えないがなあ。いわば真のレディの資質を問うことですよ。そして少なくとも我が国では、優れたレディは敬意を持って扱われるものです」

「そして、あなたはその判定者？」

「そうありたいものだと思っております」

相変わらずの気取った口調が、なんだか奥様に絡んでいるみたいで嫌な感じだった。もしかしたら昨夜のことで、奥様の侍女のローズが自分に恥を掻かせたとでも思って、その意趣返しを企んでいるのだろうか。

「でも残念ながら、そこでもわたくしはあなたに同意できませんの。それにこのミイラに関しては、あなた自身がすでに答えを出されました。ミス・コルシがなにもいわないうちに、おふたりは棺の蓋を元に戻されましたもの。レディの意を汲《く》んでくださる、紳士にふさわしいなさりようでしたわ」

「感謝する。ミスタ・グレンフェル、ペインズワース少尉」

ふたりの青年がなにかいう前に、ミス・コルシがそういって軽く頭を下げ、さらにミス・アミーリアがその場に残る気まずさを振り切るように、

「さあ、それじゃもうこんな場所に立ったまま、お話をしていなくてもよろしいわね。わたし、少し喉が渇いたわ。どこか席を変えて、わたしたちだけでお茶をいただけないかしらね」

明るい声を出したのに、無言で通していたシャルロッテがすばやく応じた。

「庭側のテラスに席を用意させます。どうぞ、こちらへ」

さらさらと、品のいい焦《こ》げ茶《ちゃ》にクリーム色のレエスをあしらった繻子《しゅす》のスカートを鳴らして先に立つのに、

「あの侍女も、顔立ちはいいが愛想に欠けるな」

「澄ましているのさ。フランス人のくせに」

ペインズワース少尉とミスタ・グレンフェルが、そんなことをささやき合いながら続く。それからミス・アミーリアと侍女のリジー。最後になった奥様が、ミス・コルシに小声で尋ねるのが聞こえた。

「あなた、聞いてもいい？　ミイラに対する気持ちを変えたのには、なにか格別な理由があったのかしら。それとも、だれにもいえない秘密？」

奥様は自分よりずっと歳下の友人に、甘える調子で訊き、

「まあ、ね」

ミス・コルシは、半分苦笑している調子で答える。

「もちろん、無理に訊こうとは思わないけれど」

「そう。いえないから、秘密さ」

つい最近、同じことばを別人の口から聞いた覚えがある。昨夜、シャルロッテがいったのだ。自分にも秘密がある、それはなにか、いえないからこそ秘密だ、と。ミス・コルシと、シャルロッテ。格別接点があるとも思えないし、ただの偶然に決まっているのだが。

(でも——)

ここでローズの思いは、昨日の午後列車の中で奥様から聞いて、それからずっと心にかかっていることに繋がってしまう。

『ヴィクトリア・アメリ・カレーム・シーモア女史を、智慧《ちえ》の女神の殿堂にお招きいたしたく、アルカディア・パークにてお待ち申し上げます。当方よりのご連絡をお待ちくださいますよう。ミネルヴァ・クラブ姉妹一同』

アンカー・ウォークの玄関ドアに挟まれていたという手紙。奥様も正体を知らない、ミネルヴァ・クラブからの招待状。それが悪戯でないなら、ここで顔を合わせた女性の中にその者がいるはずなのだ。

奥様のパリ時代を知っているらしい侍女のシャルロッテは、その他の行動を考えても、明らかに怪しい。ただの侍女とは思えない。その他にも、廊下で出会った背の高い、顔はよく見えなかったメイドもいる。その時刻に使うはずもない道具箱を下げていたのは、彼女が本当のメイドではなかった証拠だと思う。彼女がいなければ、ローズはあのとき図書室に足を踏み入れることはなかった。もっともその結果起きたのはミスタ・グレンフェルのおかげで不愉快な思いをさせられたことだけで、それが狙いだとしても理由はさっぱりわからないのだが。

（でも、もしかしてミス・コルシもその、ミネルヴァ・クラブの人だったら――）

男性たちと向かい合っても、目の高さも同じくらい上背のあるミス・コルシは、歳若い女王陛下みたいに堂々として威厳がある。ふたりの青年はミス・アミーリアの味方をして、伯爵の孫娘の彼女の方が血筋は正しく身分は上で、しかも美しいからレディとして優れていると主張しようとしていた。でもそんな彼らでも、ミス・コルシの視線には逆らえず、ミイラ棺の蓋を閉じたのだ。

男に屈しないミス・コルシ、顔を太陽の光に晒し、獅子のたてがみのような金色の髪を風になびかせて高笑いするミス・コルシ、自ら信ずることを語って退かないミス・コルシ。智慧の女神の殿堂を守ると称するのに、彼女ほどふさわしい人間がいるだろうか。そうして、奥様のことも仲間にしようとしている？……

でも、まだよくわからない、とローズはひとりかぶりを振る。あのミス・コルシなら、遠回しに変な策を巡らしたりはせず、真正面から奥様を勧誘するのではないか、という気がして。それとも、なにもかもローズの考えすぎだろうか。

その晩の身支度は、昨夜以上に気を遣わねばならぬはずだったが、トランクに詰めてきたドレスは奥様の好みで、脱ぎ着にあまり手間がかからないよう仕立てられていたから、侍女の仕事に慣れないローズはとても助かった。二着目の夜会服は藤色の濃淡で一見地味だけれど、濃紫のリボンとレエスが品良くスタイルを引き締めていて、そこに真珠のネックレスとイヤリング、髪には真珠をちりばめた飾り櫛《ぐし》を挿すと、うっとりするくらいおきれいだ。ロンドンでは、ドレス・アップしてお出かけになることなどめったにない。こんなにすてきならもっと見られたらいいのに、などと思ってしまう。

奥様に手数がかからない分、使用人を連れていないミス・コルシの身支度も手伝う余裕はあったが、彼女の持ってきた一着きりの晩餐用ドレスというのは、ごくシンプルな黒いオーガンディだ。昨夜はそれでも髪を高く結い上げて、大きく開いた胸元に緑色の石のペンダントをひとつ下げて格好がついたが、今夜はペンブルック伯爵もおられる。それなりの服装をしないと失礼に当たるだろうと奥様がいい、ミス・アミーリアも同意したが、ミス・コルシほど背の高い女性はここにはいないから借り着もできない。

「ミス・ジェラルディンなら、なにか貸していただけるんじゃないかしら」

「ああ、そうね。レエスのストールかなにかあったら、黒いドレスの上から巻き付ければ華やかになるんではなくって？　ローズ、悪いけどシャルロッテに声をかけて訊いてみてもらえないかしら」

「はい、わかりました」

「私がなにを着ていても、あの伯爵が気にするとは思えないがな」

「ストールをまとって、飾りのあるピンで留めて、あといくつかジュエリーがあれば」

「ええ。髪はリジーなら上手に結えるわ」

「だったら、わたくしもお願いしていい？」

「もちろんよ、マダム」

「服なんて、取り敢えず肌を覆っていれば充分だろうに」

「もう、レオーネったら」

その一騒ぎが過ぎて、奥様たちが正餐《ディナー》の支度が済んだ食堂に向かうと、侍女たちも夕食の時間になる。といっても厨房は昨夜に輪をかけての戦場振りで、食卓には代わり映えのしない作り置きの冷肉やぐんにゃりしたパイが並び、味気ないそれを噛みしめながらローズはまたもロンドンが恋しくなった。

（リェンさんの作る、チャイナ風コンソメのヌードル・スープが食べたいなあ——）

その晩のネリーの意地悪な舌は、幸い新来のリジーに向かっていて、

「ミス・アミーリアって、まだ婚約者がいないんだって？　どうしてなの。よっぽどえり好みが激しいの？　それともなにかわけでもあるの？」

などと遠慮会釈ない詮索《せんさく》に、おとなしいリジーは困惑顔だ。その分ローズは彼女を気にすることなく、物思いに耽《ふけ》っていられたが、食事が終わってネリーが席を外したところで、そのリジーから突然なじられた。思ってもみないことだったので、ずいぶんびっくりしてしまった。

「あなたの奥様、ずいぶんひどくないですか？」

「えっ、なにが？」

「なにがですって？　まあ、あなたもずっと一緒にいて、皆様のお話を聞いていたじゃありませんか。お嬢様は前からのお友達なのに、紳士方の見ているところで、お嬢様に恥を掻かせたでしょう」

「恥って。ミス・アミーリアがミイラを解包したいといったのに、うちの奥様がミス・コルシの肩を持ったから？」

「そんなの、いうまでもありませんでしょ。友達甲斐《がい》がなさすぎます！」

リジーは顔を真っ赤にして、椅子にかけたまま足踏みせんばかりだが、ローズにはその怒り方がピンと来ない。

「でも、あんなときあたしたちが口を挟むなんて、できるはずないし」

「それは私だって同じです。だけど、そばで聞いていればわかりますでしょ？　レディと比較しても、イタリア生まれでお義父上が貿易商のミス・コルシ、アルヴァストン伯爵様の孫娘で、お父上はいずれ伯爵位を継がれるレイバーン男爵様のアミーリアお嬢様。うちのお嬢様の方が、格が上に決まっているじゃありませんか。それをあんな風に無理に話を逸らされては、だれが聞いてもあなたの奥様は、そうは考えていらっしゃらないとしか思えません！」

奥様がどう考えてるかはあたしにもわからないと、答えようと思った。だが、リジーにしてもそんなことは百も承知なのだ。承知ではあるが、溜《た》まりに溜まった腹に据えかねる思いは消えない。その鬱憤《うっぷん》をことばに吐き出して晴らしているだけだ。適当に聞き流しておくしかない。そうは思ったが——

「それで？　あたしから奥様に、リジーが怒っていましたって伝えて欲しいの？」

すると彼女はさすがにたじろいで、

「そんなつもりでは、ありません。でもお嬢様は、とても悲しんでいらっしゃると思います。ずっとお友達のつもりでいたのに、こちらへのご招待も、なによりあなたの奥様のおためを思って、レディ・アルヴァストンのお勧めになるご招待を断ってまいりましたのに、あまりに礼を失していると」

「あたしは、そうは思わない」

ローズの口が勝手に動いてしまった。

「なにが、そう思わないんですか」

「いくらミス・アミーリアが前からのお友達でも、面白半分ミイラの包帯を解くことが、正しいか正しくないか。奥様はそれだけで判断されたと思います。それからレディに上下があって、それは親がだれかとか、男の人の目にどっちが美人に見えるかで決められるなんていうのは、正しいとは思えない。きっと奥様もそう考えてます」

「そんなの、非常識じゃないですか――」

「でもあたし、ロンドンに生まれて初めて出てきて、奥様の家でメイドの面接を受けたときに、ミス・シレーヌからいわれたんです。人はレディに生まれつくんじゃない、自分の意志でレディになるのだって」

「おかしい。聞いたことない。変よ、あなたのところ！」

リジーはとんでもない異端の教義を聞かされたとでもいうように、あわてて顔の前で手を振ったが、

「奥様もそうお考えなのだと思います。執事のミスタ・ディーンもいいました。一般に信じられていることではないが、この家ではご主人の信じられるところが法なのだって。だからあたし、ずっとそれを信じてます」

そしていつか自分も、敬意を払われるに値するレディになりたいと思う、とまでは口に出さなかったが、

「へえ。あんたら、なに揉めてるのよ」

戻ってきたネリーに冷やかされて、絶句したままのリジーの顔が急に青くなった。どちらへ怒りを向けるべきかというように視線が横に動いたが、驚くべきことが起きたのは次の瞬間だった。「ぐうっ」というようなうなり声を上げながら、突然身体をふたつに折ったのだ。口を押さえた指の間から、黄色い液体が溢れて床に滴《したた》り落ちる。酸《す》い臭いがいきなりあたりに漂い、立ち上がった侍女たちが騒ぐのに、そろそろ仕事の終わった厨房のスタッフたちも顔を出して、

「いやだ。ちょっと、どうしたのよッ」

そう聞かれても、ローズはなんと答えればいいのかわからない。リジーは床に両手をついて、食べたばかりの夕食を吐いているのだ。

「なにか、悪いものでも食べたんでしょうか」

「だって私たち、なんともないし」

「ひとつだけ、パイの中身が古くなっていたんじゃない?」

「冗談は止《よ》しとくれ。食べて毒な料理なんて出すものか。パイだって、少しばかり形が崩れただけなんだからね!」

「退《ど》いて。食中毒なら吐けるだけ吐かせて、後は少しずつ白湯《さゆ》を飲ませて、身体を温かくして寝かせておくのが一番です。二階まで運ぶのは無理でしょう。地下のキッチンメイドのベッドを借りるのがいいわ。ガース、ニコルズ、ふたりで運べるわね。シャルロッテ、湯たんぽをお願い」

「わかりました」

その場で一番年嵩《としかさ》の侍女、エディスがてきぱきと指図する。

「うわあ、すごい臭い」

「ベッドに入れる前に、この服、脱がせないと」

ローズはリジーの肩の下に手を入れ、ネリーは足の方を持って暗い廊下を進んだが、

「あんた、やったの？」

いきなりネリーにいわれて、最初はなんのことかわからない。

「なんか知らないけど、喧嘩してたじゃないさ。一服盛ったんじゃないの？」

「まさか。そんなはずあるわけないじゃないですか！」

憤然といい返したが、相手は信じないという顔でへらへら笑っている。エディスとシャルロッテがすぐ来てくれて、服を脱がせてベッドに入れるのを手伝ってくれて、リジーの様子も落ち着いてきたようなのでひとまずホッとしたが、その晩の騒動はまだ終わっていなかった。

ローズがリジーの着替えを取りに階段を上がってみると、玄関ホールでなにやら声高な会話が取り交わされ、男性使用人があわただしく一階と二階を行き来している。いつか外は雨が降り出していたが、その雨に濡れながら大型の箱馬車が止まっていて、ロンドンからの急使だという。ミス・アミーリアの祖父、アルヴァストン伯爵が急病で倒れ、孫娘に会いたいといっている、というのだ。

「祖父は先月から具合が悪くて、狩りのご招待も断ってロンドンに残っていたんです。そのこともあって、わたしこちらに来るのが一日遅れたんですの」

「レディ・アルヴァストンはご一緒でいらっしゃるの？」

「いえ、祖母は父たちと、パリに行っておりますの。上の弟がこの秋からイートンに入るので、その前に旅行を。わたしの母は早くに亡くなって、弟たちは母が違って、でも祖父は父の再婚相手がお気に召さなくて、だから父とその方と弟ふたりは別に暮らしていて。ああ、わたしったらなんで、こんな関係ないことを話しているのでしょう」

すっかり取り乱して胸の前でハンカチを握りしめ、涙ぐんでいるミス・アミーリアの肩を、隣に座った奥様が抱き、ミスタ・グレンフェルやペインズワース少尉も心配顔で取り囲む。開いたドアの隙から顔を覗かせたローズに、奥様がいわれた。

「リジーを呼んできて。ミス・アミーリアは、これからすぐロンドンへ戻らなくてはならないから、お支度を」

だがそのリジーが急病でベッドに入っていると聞いて、さすがに唖然とされた。

「本当に？　また、なんて間の悪い……」

「わたしが悪いんだわ！」

ミス・アミーリアがどっと涙を溢れさせた。

「あのミイラの呪いなのよ。わたしが包帯を解きたいなんていったから、そのせいでおじいさまが。それに、リジーまで。そうでしょ、ミス・コルシ。あなたならそう思われるでしょ？　ああ、どうすればいいんですの。どうすれば呪いを解くことができるんですの？教えてください、どうか！」

だが、彼女の前に片膝をついたミス・コルシが、ミス・アミーリアの小さな震える手をそっと握って「だいじょうぶ」とささやくと、驚いたように赤くなった目を上げた。

「お望みなら、私がロンドンまで送っていこう。だからそんなに泣かないで」

「ミス・コルシ、わたしに腹を立てていらっしゃらないの？」

「腹など立てるものか。私も、たぶんあのミイラもね」

「いや、しかし思いの外の荒天です。ここはやはり男手があった方が安心では」

ペインズワース少尉がここぞとばかり身を乗り出す。

「きっとご無事に送り届けます」

「でも侍女も無しで、男の方とふたりというのはどうでしょう」

「よろしければ、私がお伴させていただきます」

シャルロッテが申し出て、そうしてあわただしく三人が発《た》っていってしまうと、アルカディア・パークの中は急にがらんと空虚な静けさに包まれてしまった。奥様が「少しお話ししないこと?」といってミス・コルシを部屋に誘ったが、ふたりの会話も一向に弾まない。ローズが耳を傾けている限り、ペンブルック伯爵との晩餐はお世辞にも愉快なものではなかったらしい。奥様とローズは紅茶を飲んだが、ミス・コルシはむっつりとした顔で、厨房から運ばせたデカンタのブランデーを水のように飲み続けている。

「疲れたようね、レオーネ」

「不快なことを顔やことばに出すまいとするのは、アフリカの沼地を泥にまみれて半日進むよりまだくたびれる。こういうのは御免だ。明日になったら私は帰る」

「でも、あのミイラは?」

「棺は替わっていたが、私に所縁《ゆかり》のものとは確かめられた。後は義父の代理人にまかせることにする。私が直接交渉したのでは、まとまる話もまとまらなくなるだろうからな。ヴィタ、貴女《あなた》は?」

「そうね。わたくしも留《とど》まる理由はないようなものだけど、まだ少しだけ気がかりなことがあるの」

「気がかりって?」

「よくは、わからないのよ」

「早く戻ってこないと、私はロンドンからも消えているかもしれない」

「またエジプトへ?」

「ああ、たぶん」

「八月のあの国は、かなり暑いと思うけれど」

「陰気な英国流社交術の沼に沈められるよりは、太陽神《ラア》の抱擁に焼け焦《やこ》げる方がましだ。妙に眠くなってきた。悪いけど寝るよ。ブォナ・ノッテ、ヴィタ、ローズ」

ふたりきりになると、天井の高い奥様の寝室はよけい広く、薄暗く感じられる。

「奥様、もっとお茶をあがられますか?」

「もういいわ。ローズも眠い?」

「眠くはないです。なんだか落ち着かなくて、不安な気分です」

「今日は、モーリスは来なかったようね」

「ええ、このお天気ですから」

カーテンを引いた窓に寄ると、雨交じりの風が鎧扉《よろいど》に吹きつけて音を立てている。今頃ミス・アミーリアは、ここにいる自分よりよほど不安で、胸の締め付けられるような思いに耐えながら、馬車に揺られているに違いない。汽車はもうない時刻らしいが、雨の中の夜道を急がせて、どれくらいでロンドンまで着けるのだろう。

「落ち着かなくて不安。そうね、わたくしも少しそんな風よ。ここにはなにか嫌な、悪意のようなものが漂っている気がする」

「悪意ですか。それがミス・コルシにいった奥様の気がかり？」

「ええ、ミイラの呪いはあり得ないにしてもね」

「それは、奥様を狙っているんですか」

だったらこんなところにいちゃいけない。ロンドンに戻れば、頼もしい味方が何人もいるけど、ここではモーリスが近くにいるとしても、壁の外だ。けれど「わたくしはそれほどの重要人物ではないわ」と奥様はかぶりを振る。

「はっきりしない、なにかまだ形にならない、漠然としているから摑めない、でも確かにある悪意。その目的はなんなのかしらって。嫌だ。わたくしときたら、馬鹿馬鹿しいようなことをいっているわね」

奥様は、自分で自分のことばに苦笑していらっしゃるけど、ローズはなおさら不安になってくる。ペンブルック伯爵はいくら奥様が気に入らなくとも、まさか狂犬みたいにいきなり嚙みついては来ないだろう。でも老齢のアルヴァストン伯爵はともかく、まだ若いリジーの急病はそれこそ呪いのようだ。みんな同じものを食べていたんだから、食中毒ではないし、だれかが毒を入れるはずもない。悪いときに悪いことが重なると、どうしてもただの偶然ではない気がしてきてしまう。それに、

「あたし、ちっとも知りませんでした。ミス・アミーリアのお母さん、お産のときに亡くなった、というのは聞いた気がするけど、お父さんは再婚されているんですね」

「確か中流階級《ミドルクラス》の、それも離婚歴のある女性だったので、爵位を継いでくれる男の孫ができたのに、いまだにロード・アルヴァストンは面会もしていないと聞いているわ。レディ・アルヴァストンはさすがに、なにかと口実をつけて会いに出かけているらしいけれど、あまり大っぴらにする話ではないし、アミーリアも落ち着いたら、口を滑らせたことを後悔するでしょう。だから、聞かなかったことにしてあげてね？」

「はい。もちろんです」

「そろそろ寝ましょうか。明日になればきっと雨も上がって、もう少し気持ちも上向きになるわ。せっかく骨を折ってくれたアミーリアのためにも、伯爵に少し時間をいただいてお話をして、それ以上なにもなければわたくしたちも失礼することにしましょう」

「お話なんて、できるでしょうか」

「それはわからないけど、きっとアミーリアはわたくしとお父上の再婚相手の女性を重ね合わせて、頑《かたく》なご老人の気持ちを解きたいと思ったのでしょうから」

なるほど。それなら今回のミス・アミーリアの強引さも、理解できるということか。

（いや、でもやっぱり、有り難迷惑ってのはあると思うけどな……）

しかし奥様の寝室を出て、向かいの自分の部屋に戻っても、眠気は一向にやってこない。気疲れはしても、身体を動かしての掃除や力仕事は一切していないのだから、それも当然といえば当然だった。本来の侍女は奥様の衣裳と下着すべての管理を引き受け、宝石類を守り、髪を結い、肌や爪の手入れをする。力仕事以上に神経を使う役目だろうが、結局のところローズは臨時に過ぎないし、奥様もミス・シレーヌのような働きを期待なさってはいないのだろう。最初の晩はなにもできない始末だったし、今夜も洗面のお湯とお茶を運んだだけで着替えはご自分でなさった。

(あたしやっぱりレディズメイドよりも、ハウスメイドの方が向いてるみたい。手だってぶきっちょで、このとおり指は太いし、繊細なレエスや宝石や奥様の髪より、暖炉磨きのブラシが似合うもんね——)

テラスハウスで働く仲間たちは、顔も違うけど手もみんなそれぞれ。得意な仕事に向いた手をしている。リェンさんは象牙《ぞうげ》色のほっそり繊細な手、大きな鍋《なべ》や包丁を扱うときは男の力だけどやっぱりどこか優雅に見える。ベッツィの手はちいちゃくて指も短いのに、大理石の上で生地《きじ》をこねたり、飴《あめ》細工をするときの器用さには目を見張る。ミスタ・ディーンの手はがっしりして力強く、それをいつもは白手袋で隠している。ミス・シレーヌの手は指先まで練り絹のなめらかさで、これならどんな繊細な縫いや織りの布でも引っかからないだろう、と一度さわらせてもらったとき思ったものだ。あれが侍女の手だ。

（でも、モーリスの手は他のみんなとちょっと違うかも——）

俺の手は戦士《ウォリア》の手さ、と自慢するのを「よく見せてよ」といったら「ほら」と目の前に突き出された。浅黒い甲とそれより薄い色の手のひらは、指がすごく長くてつややかで、でも触ってみると硬い。強張っているというのじゃなく、鞣《なめ》し革《がわ》のしなやかな強靱さで、「鍛《きた》え方が違うのさ」と自慢されても当然な気がした。

そういえば、田舎から列車でロンドンに着いたローズが、一番最初に目にしたのもモーリスの、自分に向かって差し出されたこの手だった。アーサー兄ちゃんがくれた「琥珀《こはく》の王子様」と名前をつけた小さなインド人形そっくりの、モーリスの手。その人形はいまも、屋根裏の寝室の引き出しの中にしまってある。隣のベッドを使うベッツィに見られたら、からかわれそうだから外には出していない。でもあそこは、ローズが生まれて初めてもらえた自分の部屋、自分のベッドだ。

（ああもう、早くロンドンに戻りたいよ！）

窓のない部屋で、ベッドに腰掛けたまま足踏みしていたローズは、ドアの開く音を間近に聞いてはっと息を詰めた。その音が近い。開いたのは廊下を挟んで真向かいの、奥様がお休みになっている寝室ではないか。そっと外をうかがうと、ドアの隙間をすり抜けて本当に奥様が廊下に出てきた。一度寝間着になられたのを、また着替えていらっしゃる。それも奥様が『登山用』と呼ぶ服だ。

生地は丈夫な濃茶のサージで、スカートの丈がくるぶしが出るくらい、つまり大人の女性が街中で着ては顰蹙《ひんしゅく》を買うくらいに短く、シルエットはストレートだが身体の両脇に畳みこまれたプリーツがあって、足捌《あしさば》きはいい。丈の短いジャケットの内側にはいくつもポケットがあり、腰回りにも細いものを隠しやすいスリットがある。奥様の要望を入れてミス・シレーヌが仕立てたものだと聞いている。でも、すでに真夜中近いこんな時刻、どこへ行こうとされているのだろう。すぐそばにいるローズにも声をかけず。

廊下にはところどころ、壁にオイルランプが点されているので真っ暗ではない。だが、その光の届く範囲を出ると、後は微かな足音だけが頼りだ。ローズはためらうことなく後をつけた。靴は脱いで両手に持った。奥様は大階段を下りていく。まだ雨は止んでいないようなのに、まさか外に？　いや、奥様が向かったのはこの午後も行った図書室だった。弧を描く大階段の裏手の廊下に、大きな両開きのドアがある。

奥様がそれを押し開けると、中から光が射《さ》した。中へ向かってかけた声は、

「ロード・ペンブルック？」

あのおっかない伯爵と、奥様はこんな真夜中に会おうとしているのか。明日の朝といっておられたのに、いったいなぜ？　答える声は聞こえないが、奥様は中に入ってドアを閉める。ローズはあわてて駆け寄って、でもまさか後を追うわけにはいかない。ほんのわずか光が洩れてくる隙間に、耳を押し当てた。

「わたくし、参りましたわ」

聞こえてきたのはそういう奥様の声だけだ。

「わざわざ時間を割いてくださって、有り難うございます。でもまさか、こんな時刻にとは思いませんでしたから。——えっ？　いいえ、それは違いますわ。今夜寝室に戻りましたら、ベッドサイドのテーブルにお手紙が」

耳を澄ましても、それに対するロード・ペンブルックの声は聞き取れない。いや、だがもっと上の方で足音のようなものがしていないだろうか。吹き抜けの二階に巡らされた回廊は、そういえばところにより微かに軋《きし》んだ覚えがあるが、伯爵はそちらにいるのだろうか。たぶんそうだ。だから仰ぎ見て声を張る奥様のそれは聞こえて、上から吐かれる伯爵様の声は聞こえない。

あ、いまなにか男の声らしいものが聞こえた。怒鳴っている。でも、なにをいっているのかはわからない。

「いいえ、ロード・ペンブルック。わたくしは決して、なにも企んでなどおりませんわ。お心を乱したのは申し訳ないと思います。でもミス・アミーリアは、子供っぽい親切心で計画しただけだと思いますし、そのミイラにしてもお気になさるようなことでは。——もちろんですとも。奥方様に、レディ・ペンブルックに悪意があるはずがないではありませんの。いえ、どうか。お待ちになって！」

奥様の声が高くなる。だがそれに挑むように、ガッシャーンッ！　という音が届いた。ガラスを叩き割ったのか。あの、ミイラの入った飾り棚の？　走り出す足音。螺旋階段を駆け上がるらしい音。回廊にいる伯爵のところへ、奥様が駆けつけようとしている。声を上げながら。でも、なんといっているのかはもうわからない。どうしよう。なにが起きているんだろう。このドアを開いて、中に飛びこんだらいけないだろうか。あ。いま聞こえたのは人の悲鳴？　それからすぐまた別の音が聞こえた。どすっ、という重いものが落ちた音。上から、床の上に。そして奥様が叫ぶ。

「ロード・ペンブルック！」

もうこれ以上我慢できない。ローズはドアを押し開けて駆けこんだ。「奥様」と叫んだ。でも、見回しても薄暗い図書室の中に奥様の姿はなく、その代わり見えたのは、目の前の床に長々とうつぶせに倒れている男の身体だった。大きく手足を広げ、毛皮襟の黒いナイトガウンが背を覆っている。

「ローズ？」

頭上から声がした。回廊の手すりを摑んで、奥様が身を乗り出している。

「ローズ、伯爵は？」

ローズは恐る恐る覗きこむ。乱れた白髪から覗くカッと見開かれた目。口も叫ぶように大きく開いて、歪《ゆが》んだ唇が痙攣《けいれん》している。

「し、死んではいないと、思います。目は開いてて、口も開いて、すごくびっくりして、怖いものを見たような顔です。この人、自分で身を投げたんですか？」

「よくわからないの。なにが起こったのか」

透き通るほど青ざめて、手すりに寄りかかって辛うじて立っているようだ。

「ただ、わたくしと話すほどにどんどんお怒りがひどくなって、わたくしだけではない、ミス・コルシもレディ・ペンブルックも、自分を陰で嘲笑《あざわら》って陥れようとしている、身体も病気などではない、毒を盛られたのだとまでいい出されて、あのミイラが悪い、あんなものがここにあるのが不快だ、放り出してやるって、左手で足下の足載せ台《オットマン》を振りかぶって、ガラスに叩きつけた」

「その音は聞きました」

「止めなくてはと思って、螺旋階段を駆け上がったわ。その途中でまたなにか、大きな声が聞こえた。怒鳴っているというより、獣が吠えているような。それが急に途切れて、それからあの重い音。わたくしはまだ階段の途中だったから、なにが起きたかわからなかったのだけれど、それはロード・ペンブルックが落ちた音だったのね」

「その手すり、意外と低いし細いです。あんな大きな身体の伯爵様なら、ふらっとしただけで、そのまま下へ落ちられたとしても不思議じゃないです。奥様も、危ないですから、もう下りてらしてください」

ローズはいったけれど、奥様はまだ回廊に立ったまま、茫然《ぼうぜん》とあたりに視線をさまよわせている。

「でもローズ、ロード・ペンブルックはとてもお元気だったのよ。そうでなければあんな大声を張り上げたり、飾り棚のガラスを叩き割ったりなんてできないわ。ほら、見て」

手招きされて仕方ない、ローズも急いで螺旋階段を上がった。回廊の床から顔を出して見回すと、粉々になったガラスの破片の山と、ゆがんで放り出されたオットマン、その向こうに今日の午後見たまま立っているミイラの棺が見える。ローズはなぜかぞおっとした。自分の前で繰り広げられた人間たちの愚かしい騒ぎを、数千年昔の死者の顔が、身を乗り出して薄笑って見ている。そんな気がしてしまったのだ。

「ロード・ペンブルックはガラスを叩き割って、そのままオットマンでミイラ棺に打ちかかろうとしているようだった。わたくしはそれを止めようとして螺旋階段を駆け上って、だからその間は伯爵から目を離していたけれど」

「奥様が上がってくるのに足音で気がついて、また手すりの方へ向き直ったんじゃありませんか？」

「でもそれで、いきなり落ちるかしら」

「急に発作を起こしたかどうかで、めまいがしてふらあっと」

「後ろから背中を突かれて、突き落とされたように見えなくて？」

「だって奥様、ここには他にだれもいません」

「ええ、隠れるほどの場所もないわ。それにロード・ペンブルックは、最初から回廊に置いたこの椅子の上からわたくしを見下ろしていた。下から見上げていては死角もあるけれど、もしも他の人がいたら伯爵が気がつかれないはずはないわね」

「だからやっぱり伯爵様は、自分で落ちたんです」

それは疑いようがないとローズには思えたが、奥様は血の気の失せた顔に、まだ納得がいかないという表情を浮かべている。だがそのとき、いきなり一階のドアが開かれた。ランプを手に入ってきたのはミスタ・グレンフェルとミス・ジェラルディンだった。ミスタ・グレンフェルは昼間の服装のままだが、ミス・ジェラルディンはナイトガウンの代わりなのか、フードのついた黒ビロードのマントで全身を覆っている。

「お義父様《とうさま》！」

ミス・ジェラルディンが叫んで倒れている伯爵に駆け寄り、オイルランプを掲げてあたりを見回していたミスタ・グレンフェルが、険しい声を上げた。

「そこでなにをしておられる、シーモア未亡人！　貴女がロード・ペンブルックを突き落としたのか？」

「奥様は伯爵様に呼び出されたんです！」

ローズは負けじと声を張り上げる。

「伯爵様がミイラのガラスを叩き割って、それから自分で回廊から落ちたんです。奥様はなにもしてはいらっしゃいません！」

「なにもしていない、ですって？」

伯爵のかたわらに膝をついていたミス・ジェラルディンが、頭を上げた。かぶっていたフードが後ろに脱げ、白く強張った仮面のような顔から、目が大きく張り裂けそうに引き剝かれている。

「貴女がなにもしていないといわれるなら、ではこれはなんですの？」

襞の中から伸びた手が指さした、うつぶせに倒れた伯爵の身体。纏ったガウンに埋もれるようにして、その背に短剣の柄《つか》が突き立っていた。

第六章

ミイラだけがそれを見ていた

「いつまでそんなところに立っていらっしゃるのです。下りてきたらいかがか、シーモア未亡人」

ミスタ・グレンフェルの無礼な口調に、ローズは大声でいい返そうとしたが、奥様は手だけでそれを止めて静かに螺旋階段を下る。ローズも急いで後に続いた。だが腰に手を当てて待ち構えていたミスタ・グレンフェルが、さらに声高に、

「貴女《あなた》は見かけによらず恐ろしい方ですな。こんな時刻にロード・ペンブルックを呼び出して、その手で殺害を謀るとは。ご病身のいまであれば、確かに女の細腕でもできぬことはないだろうが。寝室から伯爵のお姿が消えているとミス・ジェラルディンが気づいて、私と探しに来たので物音を聞きつけることができた。我々が証人です。いくらなんでもいい逃れはできませんぞ！」

「奥様はそんなことはなさいません。見てもいないことを勝手に決めつけないでください。伯爵様はご自分で回廊から落ちたんです。事故です！」

もう我慢できない。ローズは顔を真っ赤にしていい返したが、

「ほーう。するとこの背の短剣も、勝手に飛んできて独りで刺さったというのかな」

「そんな短剣、見たこともありません。奥様のものではありません」

「これは鎧通し《プニャーレ》と呼ばれる中世の骨董品《こっとうひん》で、そこのケースの中に陳列されていた。鍵もかっていない。だれでも手に入れられる」

一階の壁際に置かれた、ガラスケースを指さすのに、

「だれでもだったら、奥様であるともいえないじゃありませんか」

「だがここには、君たちふたりとロード・ペンブルックしかいない。まさかミイラの呪いだ、などとはいわないだろうな」

「その詮索は後回しにして、お使い立てしますが、執事を呼んできてくださいませんか、ミスタ・グレンフェル？　そして彼に、侍女のオブライエンを起こすよう伝えてください。彼女は医者の娘なので、病気と怪我《けが》の治療には役に立つのです」

床に膝をついて、伯爵の様子を見ていたミス・ジェラルディンがいい、ミスタ・グレンフェルは明らかに不満顔で聞き返す。

「ロード・ペンブルックには、従者《ヴァレット》はいないのですか？」

「長く仕えてくれたエリックが高齢で引退してから、だれひとり義父の目には適《かな》いませんの。いくら立派な紹介状を持ってきた者でも、わずかな粗《あら》ひとつ見逃さず、片《かた》っ端《ぱし》から怒鳴りつけて、数日で馘首《くび》にしてしまいます。義父は、妥協を好まぬ人間ですから」

「ああ、それはそうでしょうな」

ミスタ・グレンフェルがため息交じりにうなずき、ローズも口には出さないが、これはそうだろうな、と思う。およそ仕えやすい主人ではないだろう。馬車を降りるときに、手を貸そうとした従僕を殴り倒したのを思い出せば。

「わかりました。ご命令に従いますよ、ミス・ジェラルディン」

「レディ・ヴィクトリア、義父《ちち》を寝室に運んでからお話をうかがいたいと思いますので、それまでお待ちいただけますか」

お話を、などという以上は、ミス・ジェラルディンもまた奥様が伯爵様になにかしたと考えているのだろうか。メイド風情の証言では足りないのか。

「あの、奥様は本当になにもッ」

抗議しようとするローズを、奥様はそっと手の仕草だけで止められる。そしてほどなく執事のミスタ・グレイブスと、レディ・ペンブルックの侍女オブライエンが姿を現し、ミスタ・グレンフェルも手を貸して伯爵は寝室に運ばれた。

通常の住居の間取りなら、街のテラスハウスでも、郊外に建つ独立した館であっても、一階には客間や食堂など外から訪れた人々をもてなす部屋をもっぱら配置し、より私的な寝室は二階以上にあるものだ。しかしここでは階段の上り下りが楽ではなくなった伯爵のために、一階に主寝室を設けたのだという。

前庭に向かって大きな張り出し窓のある、天井の高い、やたらと豪華なインテリアの、それも広すぎる一室だった。そこに、ローズなら四人でゆっくり横に並んで眠れるくらいの、天蓋付きの寝台が据えてある。まくられたシーツに、寝たらしい痕《あと》は残っているが、室内にレディ・ペンブルックの姿はない。奥様がさりげなく尋ねると、ミス・ジェラルディンは答えた。

「二階にも、寝室はございますから」

「別室でお休みなのですね」

「それがなにか？」

「いえ」

オブライエンは確かに、病人や怪我人の世話には慣れているようだった。さっきリジーの手当てをしたときもそうだったが、決して無慈悲ではないけれど、てきぱきと淀《よど》みない手際はあまりやさしくは見えない。伯爵がどう感じていたかはわからなかった。彼は相変わらず目を見開いたまま、わずかに口をぱくぱくさせ、喉の奥からかすかにうなり声を洩らすことしかできなかったからだ。

「背中の傷はごく浅いものです。ナイトガウンと寝間着に充分な厚みがあって、刃物はさほど深くは刺さりませんでしたから、縫う必要もありません。床を覆った敷物《しきもの》の上に落ちられたので、打撲も骨に障りはないと思われます」

「だが、お声ひとつ出せぬようではないか！」

ミスタ・グレイブスが嚙みついたが、オブライエンは冷静な表情を崩さない。

「落下の衝撃で、この春と同様の卒中の発作をまた起こされたように思われます。飲酒喫煙を慎み、お心穏やかに過ごされるようにと主治医からは助言されていたはずですが、少しもお守りにならなかった。そのためもございましょう」

「ロンドンにお運びするべきでは？」

「いま動かすのは、賢明ではないと存じます」

「では、私が医師を呼びに行く。クイーン・アン街のドクター・ヴァーナーだったな」

ハンプティ・ダンプティのような老執事は、少なくとも心から伯爵の容態を案じているようだ。

「夏期休暇を取られている可能性もありますが」

「だったらだれでもいい。少なくともこんな田舎で探すよりはましだろう」

「ミスタ・グレンフェルは同行なさいますか」

ミス・ジェラルディンに尋ねられて、しかし彼は嫌な笑い方とともに首を振る。

「いいや、私はここにいるべきだと思う。そちらのレディがなにを企んでいるのか、大いに気がかりなのでね」

「奥様は、なにも企んでなどいらっしゃいません！」

ローズはまたかっとなっていい返してしまう。本来ならメイドがご主人様たちの会話に口を挟むなど噴飯物だけれど、黙ってなんかいられなかった。本当に嫌なやつ。最初は奥様に対しても礼儀正しく、紳士ぶった口を利いていたのに、未婚の令嬢のミス・アミーリアがやってくればお世辞たらたらご機嫌を取り、今度はミス・ジェラルディンに媚びを売る。だれにつくのが得かを見て、風見鶏《かざみどり》のようにくるくる向きを変える手合いだ。虫酸《むしず》が走る。

「奥様は、伯爵様から呼び出されて図書室に出かけただけです。一階のドアから入られて、伯爵様は回廊の上にいらしたのですから、お身に手も触れていません。伯爵様が落ちられたときは、まだ螺旋階段の途中にいらしたんです」

「ロード・ペンブルックが呼び出したと？　どうやってだ」

「手紙が置いてあったのです、晩餐から戻られたときに。そうですよね？」

奥様は小さく顔を縦に振られ、それから、でも、とつぶやいた。

「伯爵は、そんなものは知らない、おまえが自分を呼び出したのではないかと」

「どうやって呼び出されたかは？」

「そこまでは聞いていません」

「さて、どちらのいうことが本当かな」

ミスタ・グレンフェルが肩をすくめ、ローズはむきになっていい返す。

「奥様はうそなんかつきません！」

だが本当をいうと、ローズはその手紙というのを見ていない。たぶん奥様が先に気づいて、ローズやミス・コルシに見られる前に隠してしまったのだろう。どちらにしろ、伯爵様が口を開いてくれれば奥様の無実は証明されるのに、ベッドに寝かされた老人の耳にはなにも聞こえていないのか、いまも宙に目を剝いたまま凍りついている。まさか、ずっとこのままってことはないだろうけど。

執事は従僕をひとり連れて、ロンドンに向かって馬車を出した。外ではまだ雨が降り続いて風も強い。ミスタ・グレンフェルは強引に奥様の部屋までついてきて、呼び出しの手紙を見せろという。だがそれは消えていた。ドアに鍵はかかっていないんだから、奥様が出た後に持ち去るのは簡単だ。なのに彼はまるでそれが、奥様が嘘をいった証拠だとでもいうように「化けの皮が剝がれましたな」とまでいう。

「そろそろお認めになったらいかがです。貴女はその侍女にロード・ペンブルックを起こさせ、図書室に来させてふたりがかりで回廊から突き落としたのだ」

（こいつ、馬鹿だ——）

「なんであたしたちが、そんなことしなくちゃならないんですか？」

「そんなことはいうまでもなかろう。ロード・ペンブルックはレディ・シーモアの実父、ロード・シーモアは彼女の夫、そしてご夫妻は前子爵の後妻を忌み嫌っている」

「奥様が伯爵様から嫌われているから、なにかされる前に奥様の方から伯爵様のところに乗りこんで、攻撃を加えたとでもいうんですか？　そんなの、考えるだけで馬鹿馬鹿しいと思いません？」

「おたくのメイドはずいぶんと、生意気な口を利きますな。シーモア未亡人」

「でも、伯爵様の寝室が一階にあるなんてこと、あたしたちは知りませんでした。お起こししたくとも、不可能です」

「それは」

と彼は一瞬詰まったが、

「知らなかったことを証明できるかい。無理だろう」

もう、我慢できなかった。ローズはただのメイドで、レディじゃない。だから、レディには許されない不作法だって平気でできる。えらそうに腰に手を当ててふんぞりかえっている男の前に、大股に近づいていって、その顔を下から覗きこんでいってやった。

「出て行ってください、ミスタ・グレンフェル」

「なっ、なんだって？」

「聞こえなかったんですか？　ご退出ください。ここは奥様の寝室です。ましていまは真夜中過ぎです。男の方が立ち入っていい場所と時間じゃありません。ご用があるにしても、それは明日の朝にしていただきます」

そのまま有無をいわせず後ろに回り、両手でぐいぐい背中を押して、ドアから外の廊下まで押し出してやった。殴られてもかまわないと思ったけど、ミスタ・グレンフェルもさすがにローズのような小娘に手を上げる気にはならなかったのだろう。そんなことはなくて済んでほっとした。

だけど、奥様の様子が少しおかしい。服を着たままベッドの上で膝を抱えて、じいっと宙を睨んでいる。ローズがなにを話しかけても上の空みたいで、でもどこか具合が悪いのかと訊くとそんなことはないといわれる。他にどうしていいかわからなくなってしまう。

「お休みにならないのですか？」

と尋ねても「いいの」といわれ、それでも心配顔をしていたら、

「悪いけれど、ひとりにしておいてくれる？」

といわれてしまった。

「わたくしは、考えなくてはならないの」

「伯爵様の身になにが起きたかを、ですか？」

「それもだけれど、全部のこと。今回のわたくしたちを巡るすべてのことの意味。わかるはずなの。そんな気がする。必要なことはたぶん、ほぼすべて知らされているのよ。ただわたくしに、落ち着いて考えるだけの時間が無かったから。だからこんなに手間取ってしまっているのだと思う。悪いけど、もう少し待っていてちょうだい」

「明日になったら、話していただけますか？」

「そうね。たぶん」

他にどうしようもなく、しおしおと奥様の部屋を出たローズは、ふと思いついて隣の部屋をノックしてみたが返事はない。そっとドアを押して覗いてみると、ミス・コルシはなんと夜着ていた服のまま、ベッドに寝転がって鈍い音でいびきを掻いていた。手を伸ばして揺すってみたけれど、戻ってくるのはいびきだけという有様《ありさま》で、

（野生の動物みたいに眠りが浅い、とかいってたのに……）

他に仕方がないので、ミス・コルシの枕元に『目が覚めたら声をかけてください。真夜中にいろいろ大変なことが起きました　ローズ』とメモを残して引き上げた。だがベッドに横になってみてもとても眠れそうになく、さっき見た図書室の光景が頭の中をぐるぐるしてしまう。ペンブルック伯爵のことは好きどころかその反対だけれど、彼がちゃんと話せれば奥様がなにもしてないことはわかるんだから、早く回復して欲しい。病人のためにというよりは、勝手な理由だけれど。

ローズはまたそろっとドアを開けて、廊下に出た。奥様はひとり考え中。ローズの存在はお邪魔にしかならない。それが悲しい。きっとミス・シレーヌなら、こんなときも奥様の手助けができるのだろうに。でもあたしは結局のところレディズメイドじゃない、暖炉や階段の手すりを磨いてるのが似合うハウスメイドだ。

使用人用の階段を下りて、一階の床に立つ。二階より一階の方が、はっきりわかるほど天井が高い。昼間目にすれば、色大理石の飾り柱やフレスコ画の天井、金色の燭台《しょくだい》や豪華な暖炉の装飾に目を見張らざるを得ないが、こんな時間には教会みたいにがらんとして、夏のいまでも寒々しいような空間だ。壁にはぽつんぽつんと数ヵ所オイルランプが点《とも》されているが、その小さな光の輪がかえって暗さを際立たせている。この玄関ホールを挟んで、向こうの廊下の奥が伯爵様の寝室だ。あんな大きなベッドにひとりで寝てさびしくないのかな、なんていったら、子供じゃないんだからおかしいだろうけど。

（あれ？……）

なにかが引っかかった。変な気がして、そこからことばにされていないことがひとつ、わかりそうな。だがローズが、その先を考えている時間はなかった。

「あなた、そこでなにをしているの？」

奥の廊下に通ずるドアが開いて、片手に古風な燭台を持った人影が、衣擦《きぬず》れの音を立てながら近づいてくる。キモノ風の青いナイトガウンを着て、ベルトを前できつく結んだ、ローズよりまだ背が低い老齢の女性だ。結っていない白髪の髪が、ばさばさと肩へと乱れかかっている。

「だあれ？　うちのメイドではないわね？」

「あ、あのっ、あたし、レディ・ヴィクトリア・シーモアの侍女です」

「ああ、そうなの……」

すぐ前まで来てやっとわかった。それはレディ・ペンブルックだった。これまで見たときはいつも、髪は頭の後ろで髢《かもじ》を入れた大きな髷《まげ》に結っていたから、この乱れ髪ではずいぶん印象が違う。しかし考えてみれば、ローズはこの方とこれほど近づいたことも、直《じか》にことばを交わしたこともない。使用人の身で、他家の奥様と親しくなることのないのは、当たり前すぎて不思議でもなんでもないだろうけれど。

(すごく小柄で華奢《きゃしゃ》な方なんだな。うちの奥様よりもっと――)

そして、なんの香水だろう。なんだか変わった異国風の香りをほのかに感じた。あまり香水らしくないけれど、覚えもある気がする、どちらかといえば薬屋で感じるような匂いだった。

「ねえあなた、知っている？　夫は、ロード・ペンブルックは、死ぬのかしら」

なんでもないことのように尋ねられて、ローズは絶句してしまう。なんと答えればいいのかわからない。

「あなたのご主人は、私の夫を嫌っているのかしら。みんなそういうのだけれど、あなた、どう思って？」

「そんなこと、ないと思います。もしかしたら、伯爵様はあたしの奥様をお嫌いかもしれませんけど、奥様は決して伯爵様を刺したり突き落としたりなんてしてしまいません！」

思い切っていってしまった。そしてレディ・ペンブルックもあっさりと、

「ああ、そう。いいのよ。それにあの人は、女はみんなお嫌いですもの」

「はあ――」

「お嫌いだけど女は要るの。昔は女優やオペラ歌手に家を持たせて、人には知られないようにして通ったりもしたものよ。ええ、もちろん私はいつも知っていたし、私に知られたところであの人は痛くもかゆくもなかったでしょうけれど」

ベッツィの読んでた小説の中のお話みたい……

「あなたのご主人にはね、こうお伝えしてちょうだい。私はなにも気にしておりません。むしろこうなって良かったと思っています、と」

「こうなって、って」

「これでやっとあの人は、私の手に戻ってきたんですもの。もう、どこにも行けない。ベッドの上に縛り付けられて、私に世話されるしかないの。あの人は私のもの。ようやく私ひとりのものになった。それがとても嬉しいの」

よくわかりません、といおうとした。でもレディ・ペンブルックは、ローズの答えなど待ってはいない。ふらふらと雲を踏むような足取りで、キッチンへ下る階段の方に歩いて行く。両手に白手袋をつけ、右手に燭台、そして左手に持っているのは陶器製の奇妙な形の器だ。それは病人がベッドの中で用を足すのに使う、溲瓶《しびん》だった。

部屋に戻って、また奥様がひとりで部屋を出て行ったりしたら気がつけるよう、自分の部屋のドアにクッションを挟んで廊下が見えるようにして、服を着たまま横になった。眠れるはずがない。そう思ったのに、ハッとしたときにはもう朝が来ていた。雨は止《や》んでいたが、奥様は依然としてベッドの上から動いておられない。ミス・シレーヌならこんなとき、なにをして奥様をお助けするのだろう。ローズには、せめてキッチンに降りて、顔を洗うお湯とお茶を運んでくるくらいしか考えつかない。

キッチンではすでに料理用レンジに火が入って、キッチンメイドたちが働き始めていたが、彼女たちがローズを見る目がおかしい。「おはようございます」といっても満足に返事がなく、なんだか避けられている感じだ。前にモーリスのメモを渡してくれた、スカラリーメイドのエミリさえ、はっとしたように目を逸らしてしまう。怖いものから顔を背けるみたいに。

（昨日の夜のことが、変な風に伝わっているのかな……）

でもまさか、聞かれていないのにこちらから「奥様はなにもしていません」なんていって回るわけにもいかない。ずっしり重いお湯の水差しを運んで、その場で絞った熱いタオルを差し出すと、奥様は無言で受け取って自動人形のような仕草で顔を拭う。「お茶、ここに置きます」といっても、かすかにうなずかれただけ。じっと宙を見つめている表情は動かない。ローズはそれ以上邪魔をしないように、足音を殺して部屋を出た。

それから思いついてミス・コルシの部屋を覗いて、驚いた。ベッドの上に彼女の姿はなかった。それどころか、ほんの少しの荷物を入れた傷だらけの革トランクも簞笥《たんす》の中から消えている。ベッドのシーツに寝た跡が残っているだけで、その部屋にはもともとの調度以外なにもなくなっていた。

あわててキッチンにとって返すと、今度は働く人数も増えて、朝食の支度が始まっている。正コックが担当する昼食夕食と違って、ある程度献立《こんだて》の決まった朝食はキッチンメイドが作る。長柄のフォークに刺したパンが火に炙《あぶ》られ、幾種類もの冷肉のスライスが皿の上に花の模様を描き、ベーコンはじゅうじゅうという音と煙を上げ、活気に満ちた気配が伝わってきたが、ローズが一歩中に入った途端、話し声がぱたっと止んだ。

いや、ぼそぼそと小声の会話は続いている。口をつぐんでこちらを見ず、せっせと手だけを動かし続けているのはキッチンのスタッフで、しゃべり続けているのは壁際に立って料理のできあがりを待っている従者や従僕だ。その中に女はひとり、レディ・レクサムの侍女のネリーが交じっていて、ようやくローズに気がついたというように振り返ると、小馬鹿にしたような「はっ」という音を立てた。

「おや。あんたのところの奥様は、寝室で朝を召し上がるの？　だったら悪いけど、こっちができるまで待ってもらわないとね。レクサム伯ご夫妻は、朝食が済み次第お発ちになるんだから」

「お帰りになるんですか」

「そりゃそうよ。だって、ロード・ペンブルックはお加減が悪いそうじゃない。ご機嫌を取らなきゃならない御大《おんたい》がそれじゃあ、ここにいる意味なんてない。ハミルトン公爵家からだって狩猟パーティのお誘いをいただいてるのに」

「加減が悪い、か。おまえにしては遠慮したものいいだな、ニコルズ」

後ろから、彼女と話していた従者らしい男がからかう。

「卒中の発作が二度目だ。まあ、助かっても半身不随だな」

「旦那様はミイラの呪いにやられたって聞いたけど、それ本当かい？」

従僕のお仕着せを着た若い男が口を挟むのに、ネリーは蓮《はす》っ葉《ぱ》な調子でいい返す。

「まあっ、止めてよね。いまどきミイラの呪いだなんて、場末の小屋の幽霊芝居でもあるまいに」

「なあに。イタリアの雌ライオンと、フランスの娼婦上がりの未亡人が、ミイラの手先になって復讐に出たって寸法さ」

「ああ、そういうことならありだわねえ」

「あのイタリア女、顔は悪くないがとんだ跳ねっ返りだな」

「『新しき女』ってやつだろ」

「そいつらが三千年前のミイラを看板に掲げたってのも、妙な話じゃねえか」

「男に逆らいたがる鼻っ柱の強い女なんてのは、ちっとも新しいもんじゃないさ」

「じゃじゃ馬馴らしは昔っから、膝の上に抱え上げて尻《しり》のふたつみっつぶってやるってのがお決まりだ。男の力を思い知らせてやりゃあ、おとなしくなるんだって」

「だったらおまえにもそいつが要るかもな、ネリー」

「やってごらんよお」

下卑《げび》た笑い声を上げる男たちより、それに調子を合わせて笑っているネリー・ニコルズの方がいやだ、とローズは思う。こんなときの男は馬鹿ばかりだけど、女の自分も一緒に笑われているのだと気がつかないで同調している、ネリーみたいな女は最低だ。気をつけて、そうならないようにするべき悪い見本だ。ローズはそのへらへらした笑い顔を正面から見据えて、感情を押し殺した声で尋ねた。

「いま見たら、ミス・コルシの部屋が空になっていたんですが、なにかご存じですか、ミス・ニコルズ」

「えっ、あっ、私は、なにも知らない。でも帰ったんじゃないの」

急にたじろいだ様子になったネリーに、ローズが重ねて尋ねようとすると、後ろから袖を引かれた。

「これ」

エミリが真後ろに立っていて、朝食の料理を満載した大きな盆を差し出している。

「あ、でも」

先にもらっちゃっていいのかな、とも思ったけど、文句をいうことでもない。

「有り難う」

だがエミリは視線を合わさないまま、小声でささやいた。

「あんたも早く帰りな」

「え？」

「悪いこといわないから、お逃げよ、ひとりでも」

「どうして、そんなこと」

「エミリ、さっさとトースト焼きに戻りな！」

キッチンメイドが背後から大声を張り上げ、エミリはローズの手に盆を押しつけると、それ以上なにもいわずにきびすを返してレンジの方へ行ってしまう。仕方なく、盆を手にキッチンを出た。しかし、それはなんとも重くて持ちづらい荷物だった。大きな紅茶のポットに、薄め用の湯の入った水差し、薄切りのトーストを立てたラックと、銀の皿覆いをかぶせた皿が二枚、それに籠に入れてナプキンでくるんだ茹《ゆ》で卵。そのすべてが滑りのいい銀の盆の上で、ゆらゆらかちゃかちゃと音を立てている。これを持って地下から二階まで、無事運んでいけるだろうか。

（それにしても、さっきの雰囲気、変だったな……）

ネリーはもともと奥様に偏見を持っていて、会った途端にローズに絡んできたし、男の使用人たちがああいういい方をするのも別に珍しくはない。でも他のキッチンメイドたちは、昨日まではそんなことはなかったのに、なぜ急に目を逸らすようになったのだろう。やはり奥様が伯爵を突き落としたと思って？　でもそれだったら、男たちの悪意まみれの笑い話に同調する気配があってもよさそうだ。

だが、それとも違っていた気がする。緊張して、警戒して、目を合わせまいとするのはなにかを隠しているからだ。つまり、ローズにそれを見抜かれまいとして。しかし、奥様を警戒するならともかく、自分をなんてとんでもなく的外れで、意味もないこととしか思えない。だけど、エミリのあのことば。逃げろって。

（駄目だ、なんにも思いつかないや……）

全然眠りが足りていないのだ。考えようとすると、逆に頭に霞《かすみ》がかかってくる。だけどいまはなによりも、この朝食を奥様のところまで運んでいかなくちゃ。

「おっと。足元が危ないぜ、お嬢ちゃん」

すぐ近くでやけに馴れ馴れしい声がした。ここはまだ、地下のキッチンから上階へ通ずる薄暗い階段の途中で、すぐそこに立った従僕らしい男が話しかけながら、手を伸ばしてきている。ローズは逃げようとしたが、大きくて重たい盆を身体の前で支えているのだから、ほとんど自由が利かない。

「そらそら、手を放しな。運んでやるよ。床に飲ませるくらいなら、その紅茶、俺がもらうから。——おい。どうした、ローズ。まさか俺の面《つら》を見忘れたわけじゃなかろう？　こんなハンサム、ロンドンで探したってそうはいないだろうが」

その声がいやに聞き覚えのある調子で、恐る恐るまばたきしたら、すぐそこにある見覚えのあるような、ないような男の顔に、やっと焦点が合った。

「え、え、あんた、早耳ビル？」

確かにそれはアメリカからやってきて、最近はロンドンに居着いてしまった、ピンカートン探偵社の私立探偵ウィリアム・エドワーズだった。すぐに彼とわからなかったのは、服装と髪型がいつもとは全然違っていたからだ。肘の抜けかけたツイードの上着に、色の褪《あ》せたボウラーハットという、下層労働者風の身なりで見慣れていた彼が、男性使用人の黒礼服に横縞《よこじま》のベスト、髪を油でぴっちりと撫でつけ、いかつい顎を縁取っている薄汚い無精髭《ぶしょうひげ》は一筋も残っていない。おかげで陽に焼けた顔も太い首もそのままだが、印象は全然違う。ほとんど別人だといっていい。それにしても——

「いったいあんた、こんなところでなにしてるのよッ」

「こいつはご挨拶だなあ。あんたたちの身が心配になったから、に決まってるだろ」

「だって、いつからここにいたの？　モーリスは一昨日《おととい》、あたしにはそんなの、ひとっこともいってなかったよ？」

「あの後また指令が変わってな、臨時雇いの従僕として、ロード・ペンブルックご一行に交ざりこんだんだ。まあ、その辺の話はマイ・レディの前でするとしよう」

ローズが持っていた重たい盆を、有無をいわせず引き受けて、ビルはさっさと先に立つ。その後を追いかけながら、訊かないではいられない。

「昨日あったこと、知ってる?」

「男の使用人の寝場所は地下の、使用人ホールの奥なんだ。まだ眠っちゃいなかった。俺は同僚どもに気前よく酒をおごって、関係の構築と内部事情の詮索に努めていたんだが、真夜中過ぎに上がざわざわし出したから、なにかあったらしいとはわかった。だが、まさかそこで駆けつけるわけにもいかないし」

「来てくれれば良かったのに。大変、だったんだから」

無理は自分でも承知で、それでも恨みがましくいいたくなってしまう。

「奥様が伯爵様を突き落としたって決めつけられて、なにもしてないっていっても全然信じてもらえないし」

「ああ。だからそのへんのことを聞きにきた。だがまあ、考えられることはひとつだな」

「え、なに?」

「マイ・レディは罠《わな》に落とされた。だれが犯人にせよ、こいつは最初から仕組まれていたことだよ」

奥様はビルの顔を見ても、格別驚きもしなかった。

「あなたを寄越したのはシレーヌね？」

「左様で」

「聞かせてもらうことはある？」

「残念ながら、ご報告できるほどのことはないんで。ただ今回の招待自体、貴女《あなた》を標的にした罠だったんじゃないか、と俺は見ています」

「根拠は？」

「このままロード・ペンブルックが死んでも、貴女が刑法的な罪に問われることはまずない。だが、この国《イギリス》の社会は俺らの祖国《アメリカ》と較べてずっと不明瞭《ふめいりょう》で、暗黙の了解というやつが占める割合が高い。法律についてもそれだ。貴女がしたとされることは、公にされなくても多くの人間に知られてしまい、その結果貴女はロンドンに住み続けることができなくなるだろう」

「わたくしのロンドンからの追放、それこそが目的だと？」

「そう考えれば、矛盾しないと思うが」

「つまりあなたの見るところ、わたくしを陥れたのはトマス・シーモア」

「あるいはペンブルック伯夫妻の末娘で彼の妻レディ・オーガスタ・シーモアか」

「そして、彼女の母親のレディ・ペンブルックが仕組んだと」

そこまでのやりとりは恐ろしく速くて、ローズは聞き取ってついていくだけで精一杯なほどだったが、「でも」とようやく口を挟んだ。

「でも、いくらオーガスタ様が望んで奥様をロンドンから追い出そうとしたんでも、伯爵様はレディ・ペンブルックの旦那様で、ご自分の父親です」

「あり得ないってローズは思うのね？」

「だって、もしも奥様をロンドンから追い出すためだとしても、他に方法がないわけではないでしょう？」

奥様がこちらを見て、ちょっと哀しげに微笑んだ。

「けれど、夫婦もいろいろよ」

「親子夫婦の間に、常に情があるとは限らないぜ」

ビルもいう。ローズは、真夜中に出会ったレディ・ペンブルックとの会話を思い出す。レディが髪も結わないガウン姿で、汚れ仕事も他人手《ひとで》にまかせず看病をしているというのは、どれほど横暴な夫でもやはり愛情があるからではないだろうか。「私ひとりのものになった」というのは、そういう意味ではなかったのか。だがそれを口にしようとする前に、奥様が別のことをいい始めてしまう。

「わたくしのところに手紙を送りつけた、ミネルヴァ・クラブというものについては、なにか調べがついたのかしら」

「架空ではない、そういう組織があるというのはほぼ確実で、男性を排除した女性による女性のためのクラブだというのも間違いない。ただそこから先は、確かなことはなにひとつないといっていいくらいだ。単なる上流階級夫人の社交クラブだという者もいれば、過激な政治的要求をもって、間もなく直接行動に出ようと企んでいる地下組織だという者もいる。成員として文筆家や社会運動家、旅行家、また高い身分の貴族夫人の名前も挙がってはいるが、だれもそれを認めてはいない。結局のところ、実体は悪魔崇拝者の秘密結社並みに漠然としている上に、あの手紙が本物のミネルヴァ・クラブからのものだという証拠もない」

「ないない尽くしね」

「面目ない。ただひとつ、未確認情報だが参考までに」

「聞かせて」

「地獄の火倶楽部《ヘルファイア・クラブ》との関連をいう者がいた」

「地獄の火……」

その名のおどろおどろしさに、ローズは息を呑んだが、奥様はそれについてはなにもいわれず、頭をひとつ振って、

「動機は別にして、昨日の夜伯爵の身に起こったのはなんだったか、というのを考えてみましょうか」

「まずは貴女の経験したことを、できるだけ詳細に話してもらいたいんだが」

「ええ。それでは、わたくしが晩餐の後でローズとミス・コルシを連れてこの部屋に戻ったら、ベッドサイドのテーブルに白い封筒が置かれていた、というところからね」

そういってから奥様は急に思い至ったらしく、

「ローズ、レオーネとは今朝会った？」

「いえ。それが、あたしが起きたときはもうお部屋は空っぽで、本当に朝一番で発ってしまわれたみたいです」

「変だわね。わたくしは起きていたのに、なにもいわないまま行ってしまうなんて。でもまあ、いまはいいわ。話を続けてしまいましょう」

ローズがいたドアの外には伯爵の声は聞こえてこなかったが、それは彼が最初から、図書室の二階の回廊に据えられた、肘掛け椅子の上に座っていたからだろう。彼は自分をここに呼び出したのは奥様だと言い張って、なにをいってもろくに耳に入れず、自分のことばに自分で激昂《げきこう》して、大した病気でもないのに大げさに騒ぎ立てて休職に追いこんだ宮中のなにがしや、ろくな治療手段もとれない藪医者《やぶいしゃ》のだれやらを罵ったあげく、最終的には勝手に隠居所を手配した妻を呪い出した。

「あー、あのじいさんの癇癪《かんしゃく》のひどさってのは、女王陛下や皇太子殿下の周りでも有名だったらしいな」

「それからロード・ペンブルックは、椅子の肘を摑んで立ち上がると斜め後ろにあるミイラの方に向き直ったわ。そして、やおら左手だけで足下にあった足載せ台《オットマン》を摑んで、振りかぶって、ガラスを叩き割った。わたくしは駆け出して、螺旋階段を上がり出したその途中で叫び声と、床に重いものが叩きつけられる音を聞いた」

「その叫び声と音は、あたしもドア越しに聞きました。我慢しきれなくなって、ドアを開けて飛びこんだら、目の前に伯爵様が倒れていて、いいえ、伯爵様だとわかったのは、奥様にいわれて顔を覗きこんでからですけど」

「つまりロード・ペンブルックが大声を上げて落ちる瞬間、背中を刺された瞬間は、ふたりとも見てはいなかった、ということですな？」

「ええ、そうなるわ。でもわたくしが螺旋階段の途中から回廊に顔を出したときには、そこにだれの姿もなかったのは確かよ」

「その間にはどれくらい時間がありました？」

「せいぜいが一分程度だと思うわ」

ビルが腕組みをしたまま、ぐい、とふたりの方にいかつい顔を突き出す。

「となると、可能性はひとつしか無い。抜け穴、あるいは秘密ドアでしょう」

「まあ。でもどうしてそんなものが図書室に？」

奥様が目を見張られる。ローズも、まさかそんなのと思ったが、

「俺は貴女がアルカディア・パークに招待されたって聞いたときから、この建物の来歴をちっとばかり調べてみたんですよ。すると、土台が置かれたのは十七世紀、二百年がところさかのぼるというのがわかった。面倒だから名前は省きますが、最初にここに別荘を建てたのはイタリアかぶれのさる貴族で、地獄の火倶楽部の趣向を先取りし、それこそロード・ダシュウッド紛いの秘密クラブを主宰して、古代ローマの宴《うたげ》を模《も》した淫蕩《いんとう》な遊戯《ゆうぎ》に耽《ふけ》ったらしい。だがそんな放蕩三昧《ほうとうざんまい》は長く続くわけがないんで、主の死後売られて持ち主が替わり、幾度か改築され、いま見られる豪勢な館となったわけです。

しかし問題の図書室だけは、最初の館が建てられたときから、ほぼあの形であの位置にあった。内部の装飾も外観も、百年ほど前に整えられたが、図書室の壁の芯には創建当時の円塔の石積みがそのまま残されていると考えられます。そして昨年ペンブルック伯爵家がここを購入してから、さらにあちこち手が入れられたらしい。どこをどう変えたかまではわからなかったが、少々の模様替え程度じゃない、かなりの手間をかけたことだけはわかっています」

「そのときに、図書室に抜け穴が作られたと？」

「もともとあったドアを外して、一見それとわからなくするのは簡単でしょう。図書室の二階のドアは二ヵ所で、廊下と片方の部屋に開いているんでしたな。その反対側の部屋はどうなってるんです？」

「庭に面したサロンよ。図書室側の壁には、大きな飾り戸棚が置かれていたわ」

「そいつが抜け穴を隠しているとしたらどうです。壁紙に切れ目があるより、よほどごまかしやすい」

「図書室の側は書架で埋まっていたけれど、それがドアのように開くということかしら」

「それそれ。伯爵は背もたれのある椅子に座っていたんでしょう？　貴女と話してる間に後ろからだれかこっそり忍びこんできて、そのまま身をかがめていたら貴女はもちろん、伯爵ご当人だって気がつかないんじゃありませんか？」

「そうね。そこまではあり得る」

奥様は目を伏せて記憶をたどっている風だったけれど、

「でもやっぱりそれではおかしいわ。伯爵は立ち上がって、足下のオットマンを掴んで、斜め後ろにあるミイラを立てた棚の方に歩み寄った。そして棚を閉ざしていた扉のガラス板を叩き割った。回廊にだれかいたら、どうしてもそこで気づくのじゃないかしら」

「だからそこは巧みに立ち回って、ミイラの方を向いていた伯爵の背中に忍び寄って襲いかかって、突き落としたってことじゃないですか」

「でもビル、それじゃあ手すりから下へは落ちないんじゃない？」

「だったら前から襲って突き落とした」

「それだと当然、背中から落ちることになるでしょう」

「それ、変です。伯爵様はうつぶせに倒れていましたもの、前のめりに落ちたはずです。猫じゃないんだから、落ちながら姿勢は変えられないです」

「だったら刺客が凶器を持っていたんで、向きを変えて逃げようとしたところを、さらに背中から襲われた――」

そこまでいって、ビルは自分から「違うな」とかぶりを振った。

「そいつはどう考えても、武張《ぶば》った伯爵には似合わねえ」

「同感よ。ミイラは好きではなかったんだろうけど、ガラスを叩き割ってから急に逃げ腰になって背を向けたというのは、不自然すぎるわね」

「忍びこんできたのは、ひとりじゃなかったのかもしれません。たとえばふたりがかりで襲いかかって、抱え上げて手すりから下へ落としたのかも」

ローズも思いつきを口にしてみたが、

「その前に背中を刺して」

「あ、はい。そうです」

「そしてわたくしが回廊に顔を出したときには、元通り抜け穴を閉ざして逃げ出していたということになるけど、間に合うとしてもずいぶん忙しいわね。それにわたくしはあわてて階段を駆け上っていたから、多少の物音は聞き逃したかもしれないけれど、回廊に何人も人がいて乱闘していたようには、どうも思えないの」

「それに、だとしたら伯爵にとどめを刺さなかった理由がわからないな。刺客の目的がなんだったにせよ、彼が口を利ければすべてばれちまうんだから」

「だったらやっぱり抜け穴を使ったとしても、ちっとも謎は解けないじゃない。奥様の無実は証明されてないよ」

ローズはビルの顔を横目で睨んでやったが、当人は平然と奥様が召し上がらなかった朝食の残り、マッシュルームとベーコン、燻製鰊《キッパー》の皿を顔の前に持ち上げて、せっせとかっこんでいる。マナーもなにもありゃしない。

「おや、トーストもあがらんのですか？」

「わたくし、このイギリス式のパリパリに焼けたトーストは、どうも苦手なの。たくさんあるわね。ローズも食べてくれない？」

「キッチンのかわいこちゃんが、顔を熱に炙《あぶ》られながら焼いたトーストだ。残したらバチが当たりまさあ。ローズ、俺の分もバター塗ってくれよ」

もう、ずうずうしいんだからッ。

「まあそう怒るな。抜け穴でなければ、伯爵は理由はまだ不明だが、自分ひとりで回廊から落ちたのが確実だってことになる。だったらその先を考えるんだ」

「だって、背中の短剣のこともあるし。あ、もしかして抜け穴じゃなく、本棚の中から短剣が飛び出す仕掛けがあったんだとか？」

ところがビルは、マッシュルームのソテーを刺したフォークをローズの顔の前で振りながら「そりゃいくらなんでもなかろうぜ」と、憎たらしくチッチッと舌を鳴らし、

「その短剣についちゃ、答えはひとつだと俺は思ってますがね」

奥様まで「そうね」とうなずいてみせる。

「ローズ、あなたが図書室に飛びこんで伯爵を見たとき、短剣に気づいた？」

「いえ。だってあのときは動転していましたし、伯爵様の顔を確かめるのが精一杯だったから、見落としたんだと思います。柄もすごく細くて、目に付きにくい形でした」

だが奥様は、ローズの言い訳は聞き流す風で、

「ミスタ・エドワーズ、伯爵家の朝食のお味はいかが？」

「いやあ。食えないほどひどいってこともないが、おたくの清国人《しんこく》シェフ殿の繊細極まる味付けと較べたらお話にもなりませんな」

「ええ、わたくしもそう思うわ」

「俺は食い物にはさして贅沢はいわん人間ですが、リェンさんの料理に慣らされたおかげか、こういうもんを口にするとおたくの台所が恋しくなっていけませんや。そろそろお帰りになりませんか、マイ・レディ。ミス・アミーリアもご退場あそばしたそうだし、ペンブルック伯爵も話のできる状態じゃないとなれば、ご滞在の意味は疾《と》うにないじゃありませんか」

「そう、帰してもらえればね」

奥様は冷めかけた紅茶をくい、と飲んで、肩をすくめたが、

「お求めとあれば貴女とローズくらい、ここから連れ出すのは造作もありません」

「だけどそんな風に逃げ出したら、なおさら奥様が伯爵様になにかしたって疑いが、濃くなっちゃうじゃない！」

「ああ、確かにそれはおまえさんのいうとおりだ、ローズ。だが、逆をいやあマイ・レディがなにをしたって証拠もない。相手が噂を流す以上のことはできないとしたら、案ずるには足らないともいえる」

「そしていよいよとなれば、イギリスを去ればいいというのでしょう？」

「お察しのとおりで」

「初めて現れたときから、あなたはそういっていたわ」

「覚えておいていただけたわけだ」

「忘れたくても忘れられないわよ。イギリス人は絶対に、初対面の他人に向かってあんなぶしつけな口は利かないもの」

　そういってビルを見る奥様の、表情が不思議と柔らかい。思い出したのはふるさとにいる姉ちゃん、母ちゃんが逝《い》った後は一家の母親代わりのセアラ姉ちゃんが、小さい妹や弟に向ける微笑みだ。やさしさと、心配と。

「そうね。確かにこの国には、古いしがらみやうるさい暗黙の了解が多すぎる。世間から離れてあの小さな家に引きこもっていても、イギリスの中にいる限りそれから完全に自由にはなれない。亡き夫の名から離れることはできないし、わたくし自身その名を汚すことはできないと強く思ってしまう」

「自分たちが持っていない、その古くさいあれこれが欲しくてたまらんアメリカ人は多いが、貴女はそんなものなしでも生きられる方だと俺は思いますよ、マイ・レディ」

「帰郷しようかって、考えたことがないとはいわないわ。称号《タイトル》とか階級《クラス》とか、もともとわたくしにとって大した意味はないし、夫の記憶はこの地上のどこに行こうとわたくしから消えることはないし、それ以上のなにが要るのかと」

「だったら」

「ええ、それもひとつの解決法」

「しばらく見ない祖国に不安をお持ちなら、俺が貴女を守りますよ。信じちゃもらえませんかね」

ふたりの横でローズは、声には出さぬまま動揺していた。奥様がアメリカに帰られるかもしれないなんて、そんなこと、いままで考えてもみなかった。もちろん海の向こうのアメリカだって、奥様が連れて行ってくださるならついていくけど、そうなったらふるさとの父ちゃんやきょうだいたちとは？

いまだってロンドンに出てきたまま、里帰りも一回しかしていない。だけど手紙のやりとりは頻繁《ひんぱん》にしている。いざとなれば列車で半日かからずに帰れるという安心感がある。間に大西洋が挟まってしまったら、そう簡単には帰れなくなる。それにアメリカなんて、同じ英語が通ずる国だといっても、きっと空の色も水の味も違っていて、あたしは糸の切れた凧《たこ》みたいな気持ちになってしまうかもしれない……

食べ終えた皿やカップを盆の上に片付けながら、ローズの頭はそんなことで一杯になってしまっていて、半分上の空のまま部屋を出てキッチンの、奥にある洗い場《スカラリー》に盆を運び入れた。調理場の下働きのスカラリーメイドは、この部屋で皿洗いと調理の補助、野菜を洗ったり家禽《かきん》の羽根を抜いたりをもっぱらするのだが、顔見知りのエミリの姿はない。キッチンにも人影がないところからみていまは使用人の朝食時間で、使用人ホールに集まっているのだろう。

歓迎されるはずもないけれど、顔を出してみようか。なにか情報が得られるかもしれない。嫌みをいわれても、無視されても、それ自体が奥様が考える材料になるはずだ。少し情けないけど、ローズはそれくらいしかお役に立てない。でも、だからこそネリーなんかになにをいわれても、全然平気。意味もなく偉ぶって、自分より弱い者に意地悪するくらいしか楽しみがないんだもの。可哀想な人だ。

（あ、夜中にレディ・ペンブルックと会ったときのこと、お話ししそびれた……）

キッチンを抜けて使用人ホールに通ずる暗い廊下に出たローズは、どこからか聞こえてくる低い声に立ち止まった。行く手のドアは食料貯蔵室《ラーダー》か、家政頭の居間だろうか。ドアの隙間から声は聞こえるのに、灯りは点していない。聞こえている声はレディ・ペンブルックの侍女、オブライエンのもののようだ。

「リジーがロンドンに戻るといって……でもそれは、まずいでしょう……」

それに答えるもうひとつの声は、はっきり聞き取れない。

「ええ、ええ……わかりました……それでは……」

足音に、大急ぎで廊下の角へ飛びこむ。ドアを鳴らして出てきたのは、やはりオブライエンだ。だが、その後から顔を覗かせたのはシャルロッテだった。ロンドンまでミス・アミーリアを送っていったはずの、シャルロッテがいつの間にか戻ってきている。そのことに格別の不思議はないけれど、他人目《ひとめ》をはばかるように暗い部屋の中で話をしているのが奇妙に思えた。

「奥様方には？」

「私は、アンダーグラウンドに、と」

そのままシャルロッテを残してドアは閉じる。それも妙なことばだ。キッチンや使用人のための区画である地上階の下のフロアは、普通ベイスメントと呼ばれる。いまいるのもベイスメントで、アンダーグラウンドとはあまりいわないように思う。

でも、それはともかくなにか変だ。ローズは足音を殺しながら、急いで上階に取って返した。奥様とビルは図書室の二階回廊にいた。サロンの壁につけて置かれた飾り戸棚の、下の開き戸を開けるとビルが推理したとおり、抜け穴らしいものは存在したという。

「棚裏の鏡板を引き戸のように横に動かして、腰をかがめてくぐり抜けるらしいな。本棚を動かす仕組みまではわからなかったが、サロン側からだけ出入りするようにできてるのかもしれん。うん、こっちからは完全にただの本棚だな」

ビルは床に膝をついて、作り付けにしか見えない本の棚を押したり引いたりしている。

「それじゃ――」

「ところが、それがどうやら使われた様子がない。開きの中は埃まみれで、足跡ひとつないし、おまけに鏡板を動かそうとするとけたたましく軋《きし》むんだ、これが」

「昨日の夜に、使われなかったことだけは確実なようよ」

「やれやれ、結局なにがあったのか、見ていたのはこのミイラだけか」

立ち上がって、曲げていた腰を伸ばしながら振り返る。砕《くだ》かれたガラス扉の中で、ミイラの棺はなにも変わらず目を見開いている。

「なるほど、ペンブルック伯爵は老いても豪腕だ。値の張る板ガラスも左手ひとつで粉々、ひとたまりも無い。得物にしたオットマンの、脚はオークか。こりゃ硬いし重い。立派に武器にもなるだろう。それを自分から放り出して、手すりの方を向いた。はてな」

口でいいながら何度も身体を動かして、伯爵の動作と考えられるものをなぞっている。

「ミイラの棚から振り向けば、手すりまではほんの一跳びだ。落っこちたのはここからだろう？　ガラスの破片がここまで飛んでるな。で、どうせだからちょいと失礼」

枠だけになった棚の開き戸を開けて、ビルはためらいもなく棺の蓋に手をかける。

「こら、案外軽いな。棺の蓋っていうより、前に立てかけてあるだけみたいなもんだ。レディ方は中は見られたんでしょう？」

「ええ。その棺自体は新しく作られた紛いものらしいわ。でも中のミイラは確かに、レオトーネがエジプトで手に入れたものですって」

「へえ、棺だけがねえ。どうです。そのときと変わったところはないですか？」

「そのようだけど」

「ガラスを叩き割ったロード・ペンブルックの暴挙に腹を立て、ミイラは目覚めて棺から歩み出た。伯爵はそれを見て恐怖に駆られ、恐慌を来して回廊から転落したと。それなら理屈に合うんだが、駄目ですかね」

「それじゃイエロー・ペーパーのヨタ記事じゃないさッ」

ローズは冷たくけなしてやる。

「本気でそんなことというなら、転職したら？　ミイラは動きませんって、ミス・コルシもおっしゃってたそうですよ。ねえ、奥様？」

答えが戻るまで少し時間があった。奥様はミイラの棺にじっと目を向けたまま、放心していたようなのだ。すぐにはっとまばたきして振り返ったが、

「あ、そうね。レオーネはどうしたのか、少し心配ね」

お返事もちょっとずれている。だが、そこにビルがいう。

「ローズ、さっきは妙に焦った顔だったが、なにかいうことがあったんじゃないのか？」

いけない。忘れそうになっていた。

「地下に下りたら、レディ・ペンブルックの侍女のオブライエンさんの話し声がして、相手がシャルロッテだったんです。ミス・アミーリアをロンドンへ送っていって、ひとりで帰ってきたらしいんですが、なんだか他の人に見られないようにしている感じで」

「それは、確かに変ね」

「そうだな。少なくとも馬車が着く音は聞いてないが」

「待って。馬車の出入りの音を、あなたはすべて確認しているの？」

「絶対洩れなくとは請け合いませんが、晩餐の最中にロンドンから遣いが来たときは、俺は食堂と配膳室《はいぜんしつ》のあたりで給仕の補佐をしていたが、馬車が近づいてくる音は風音を突いて聞こえましたよ。それから夜中に執事が医者を呼びに出たときは、地下の使用人部屋までその音が響きました。今朝になって出て行った馬車はロード・レクサム夫妻で、その後は確か裏口に牛乳屋の配達が来ただけで」

「執事のミスタ・グレイブスも、まだ戻ってきていないわね」

「シャルロッテは歩いて戻ってきた、ってことですか。だが鉄道の駅からとしても、ここまで五マイルはある。気軽に歩くにゃ遠すぎるし、わざわざ出入りの音を隠す理由もないと思うが」

それはそうだ。

「ミスタ・エドワーズ、アミーリアのおじいさまのロード・アルヴァストンは、前から体調が悪かったのかしら」

「いやあ、俺がお姿を見かけたのは一昨日、セント・ジェイムズ街のクラブに入っていくところだが、年相応とはいえ特に弱っているようにはお見受けしませんでしたぜ。無論、急病で倒れることがないとはいえないが」

「あのう、それとミス・コルシだって、少ないとはいえお荷物もあったんだし、今朝発たれたならやっぱり馬車を使ったはずですよね」

「そのとおりだわ、ローズ。それにどちらにしろ、レオーネがわたくしになにもいわずに行ってしまうとは思えないの」

「昨日の夜は、伯爵のことがあった後お部屋を覗いてみたら、着替えもなさらないでぐっすり眠っていらしたんですけど、自分は眠りは浅いっていってたのに、少し変な気がしたんです」

「彼女が飲んでいたお酒に、阿片《あへん》かなにか、入れてあったとしたら？」

「図書室での一幕に、邪魔が入らないように一服盛ったか。あり得るな」

「そのまま、眠っているところを拉致《らち》されたとか」

「これは、いろいろまずいかもしれませんな」

三人は顔を見合わせる。

「ミスタ・エドワーズ、ご苦労だけど一度ロンドンに戻ってくれない？　そして、アミーリアが無事ロンドンに着いているか、ロード・アルヴァストンのお身体はどうなのか、それとレオーネの行方も確かめて欲しいの」

「駅に出て電報を打ちますよ。もしもミス・アミーリアがロンドンにいなくて、一緒についていったはずの侍女だけが戻ってきているなら、誘拐事件の可能性も出てくる」

「リジーが急病でついていけなくなったのも、毒を盛られたのだとすれば説明がつくわね。シャルロッテはそのとき、同じ食卓にいたのでしょう？」

ローズはうなずきながらも、聞き返さずにはいられない。

「でも、なんのためにそんな？」

「そういう詮索は後回しだ、ローズ。ミス・アミーリアの安否を確かめるのはいいとして、おまえさんもマイ・レディもとっとと逃げ出した方がいい。メイドのリジーは腹痛だけで済んだらしいが、この先なにをされるか知れたものじゃない」

「わたくしは逃げないわ。でもローズは連れて行って」

「奥様が残られるのに、あたしが行くわけにはいきません」

「ああ、まったくッ。頼むからそんなところで声を揃えないでくださいよ、お嬢さん方」

ビルが頭を掻きむしる。

「ローズは当然そういうでしょうよ。だがそれならマイ・レディ、貴女が強情を張る理由はなんなんです?」

「だってあなた、一番最初にいったじゃないの。これはわたくしを嵌めるための罠だろうって」

「いいましたよ。目的はともかく、貴女が標的だってのはまず間違いない」

「それならいまは、その罠の落とし戸が落ちようというところでしょう。ようやく敵の手の内が見えてこようとしているのに、逃げ出してどうするの。また同じようなことが繰り返されて、周りに被害が広がるだけだわ。それは嫌なの」

「ご自分を囮《おとり》にしようってんですかい」

「上手く食いついてくればおなぐさみじゃない?」

「度胸が良ければいいってもんじゃないですぜ」

「痛い目を見る者は、少ないに越したことはないでしょう」

「自己犠牲ですか」

「どういたしまして。敢《あ》えていうなら自己満足ね」

奥様と議論、あるいは口喧嘩をして、ビルが勝てるはずがなかった。この後もう数分、剣を交えるようなことばのやりとりの末、彼は白旗を揚げた。

「わかった。わかりましたよ。俺はとにかく一度ここを離れて、貴女を孤立無援の状態で放り出していくと。ただしロンドンの調査については、駅からミス・シレーヌに電報を打ちます。そして早急に援軍を連れて戻ります。それまで可能な限り無茶はせず、毒でもなんでも盛られないようなものだけ喰って、ご自分の部屋で籠城《ろうじょう》していてくださいよ」

「ゆっくりでいいのよ」

「そうはいきませんって」

五分でいつもの労働者っぽい服装に戻ったビルが大股に裏口に向かうのを、ローズは半分駆け足で追いかける。

「ねえ、あんた従僕の中に紛れこんでたのに、抜け出してばれないの？」

「それをいうなら朝からずっと、働いてないだろ。今日は幸い日曜日だ。使用人連中は村の教会まで歩いて出かけて、日曜礼拝に参加してらあ」

「あ、そうか。道理で誰も見かけないと思った」

ローズはロンドンに来て以来、教会に通う習慣からすっかり離れてしまったので、今日が日曜だということも失念していた。

「そんなこともあろうと思ってな、昨夜《ゆうべ》のうちに俺はカトリックだからそこの教会には行かないって、他のやつらにいっておいた。おまけにご主人が倒れて、執事も不在で、客もほとんどいないから、午後は半休になるそうだ。夕方戻ってきて俺が消えてるとばれても、どうせ臨時雇いだ。いちいち詮索はしないだろうさ」

しゃべりながらビルは、裏口の外の草むらに隠してあった自転車を引き出す。

「それ、モーリスが乗ってたやつ？」

「あいつは駅の近くの旅籠にいる。今度戻るときは連れて来る。会いたいだろ？」

「そんなこと、ないけどさ」

ローズはあわててかぶりを振ったが、

「マイ・レディを頼む。おまえも気をつけろよ。特に食い物にはな。食堂のテーブルに、ケーキやコールド・ミートのたぐいが用意されてるそうだが、下手なもんには手をつけないことだ」

ぽんぽんと頭のてっぺんを猫の子にするみたいに叩いて、自転車にまたがるとたちまちビルの姿は丘を越えて消えてしまう。そしてその後にローズを待っていたのは、長く退屈な午後だった。

（もちろん、退屈なんていったらいけない。ちゃんと緊張して、油断なくしてなきゃいけないんだろうけど……）

一階の食堂の大テーブルには、ビルがいっていたとおり、そのまま摘まめるサンドイッチやふきんでくるんだスコーンのたぐいに、アルコールランプで保温したスープポットや、お湯の薬罐《やかん》とティーセット、茶葉の缶も牛乳も用意されていたが、その食べ物、飲み物が果たして大丈夫なのかわからない。さっき、ビルを見送った後に寝ているリジーの様子を見に行ったが、まだ起きられないしなにも食べられないという。それでも早くロンドンに戻りたいと泣く。ミス・アミーリアが無事かどうかもわからないなどとは、とても聞かせられない。

少しお腹が空いてきたものの、ここに並べられたものはやはり食べない方がいいんだろうか。だが、ローズのそんな困惑を見越したように、後ろからミス・ジェラルディンが入ってきた。ここで食べるのではなく、運んでいくつもりらしい。盆の上に皿を載せると、用意されたサンドイッチや焼き菓子をてきぱきと取り分けて盛りつけながら、そこに立っているローズに初めて気がついたというように、ゆっくりと顔を向けた。

「あら。あなたはシーモア未亡人の侍女ね。礼拝には行かなかったの？　そういえば、名前は聞いていなかったわね」

「あ、はい。ローズ・ガースと申します。礼拝のことは、気がつかなかったんです」

「使用人たちには夕方まで休みをあげたわ。雨も上がったようだし、あなたも気晴らしに出かけたら？」

「いえ。奥様を残しては出かけられませんから」

「ご忠義だこと」

色白の美貌の口元には笑みが浮かんでいたが、目は笑っていない。口調は冷ややかで、こちらを嘲笑っているようだ。

「あの、伯爵様のお加減はいかがですか」

「有り難う。いまは特に変わりないようだわ」

「お医者様はまだ来られないんですね」

「日曜ですしね」

「奥様も、心配していらっしゃいます」

「そう？」

そんなはずはないだろう、というような声の響きに、ムッとしたけれど、

「本当に、奥様は伯爵様になにもしておられないんです」

「どうしてそれを信じろと？」

「だって、本当に本当のことなんですから！」

拳《こぶし》を握りしめて力説したが、

「それを主張して通るか通らないか、考えてみたらどう。たとえば裁判官の前で？」

ローズはぞっとした。背筋を氷で撫でられたような気がした。

「奥様は、裁判にかけられることになるんですかッ？」

「それもあの方の出方ひとつだと思うわ。さすがにこのまま、なにもなかったことにして済ませるのは難しいでしょうけれど、ペンブルック伯爵家とシーモア子爵家の家名を汚すことは、だれも望んでいないはずだし、後は問題の元凶である方が、ご自分のことはご自分で決められるべきではないかしら」

「だって、そんな」

やっぱりこの家の人たちは、奥様をイギリスから追い出すつもりなんだ、とローズは思う。でもまさか、そのために自分たちで伯爵様を傷つけるとも思えないけど。それとも伯爵様は仮病？　さもなければ替え玉？　ううん、違う。図書室で倒れていた人は、馬車で着いた伯爵様と同じ顔だったし、仮病には見えなかったし――

「伯爵様は、まだお話しにはなれないんですか」

「ええ、オブライエンの見立てだと、この先も希望はなさそうだということだわ。あなたのご主人が本当になんの責任もないのなら、彼女のためにも残念ね。あのときなにが起きたのかは、義父《ちち》の口から聞くのが一番確かなのに」

そういいながら、ミス・ジェラルディンの目がすうっと細められる。紅を引いていない唇の端が、わずかに上がりかけている。さっきまでとは違って、明らかにそれは押し殺した笑いの表情だ。

（うそだ。この人は、ちっとも残念だなんて思ってない――）

（なんでかはわからないけど、この人のいうことはうそばかり。わかるのはこの人が奥様を嫌いで、ひどい目に遭えばいいってそう思ってる、それだけ――）

（真っ白い仮面の下で、血の気のない口が嗤《わら》ってる……）

トマス・シーモア子爵が、父親の若い再婚相手だった奥様を嫌うのはまだわかる。母親が生きていた頃からの愛人だと思いこんでいればなおさらだ。妻のレディ・シーモアも、一緒にそれを信じているのだろう。でもミス・ジェラルディンには、奥様を嫌う理由なんてなにもない。なのに。

レディ・レクサムの侍女のネリーだって、自分になんの関係もない、ろくに知りもしない奥様の悪口をいって楽しんでいた。でもそれは、日曜新聞のゴシップ記事を愛読する巷《ちまた》の庶民と同じことだ。剝き出しであからさまで恥知らず。たぶんだれにでもそういう下衆《げす》な気持ちはある。放置すれば人は堕落する。それを自分で抑えて言動を正そうと努めるのも、人としてあるべき姿だと思う。

なのにすぐそこに立ってこちらを見ている、美しい黒髪の、大理石の仮面よりも白い顔のレディは、空ろな中身に黒い悪意だけが満ちている。いっそ薄気味が悪くて、怖いというより胸がむかついて、身体の芯がぞくぞくしてくる。ローズがなにをいったところで、その心に突き刺さりはしないだろうが、このまま引き下がるのはいやだ。

「伯爵様がお話しになれないのなら、ミイラが起き上がって口を開いてくれればいいんですよね。あたしあのとき回廊まで上がって、割れたガラスの中からお棺が前に迫《せ》り出《だ》してるみたいな気がしたんですよ。本当に、ミイラが動いて伯爵様を突き落としたんじゃないんですか？」

もちろん本気でいったわけじゃない。子供がいじめっ子に、泣きながら悪態《あくたい》をつくのと同じようなものだ。だけど意外なことに、それを聞いた途端ミス・ジェラルディンの顔が変わった。もともと血の気の乏《とぼ》しい顔が見る見る青ざめて、目が見開かれ、唇が震えている。それこそ、あり得ないほど恐ろしいものを見てしまった、とでもいうように。手からぽろりと銀のトングが落ち、その手が震えながらこちらに伸ばされようとする。

「あなた、なに、を」

その表情がかえって恐ろしく、

「失礼しますッ」

ローズはミス・ジェラルディンに背を向けて食堂を走り出た。だってあの顔では、彼女は本当にミイラが動くと信じているようにしか思えなかったからだ。まさかそんなはずはないけれど、あの恐怖に引《ひ》き攣《つ》れた、メドゥーサの顔を正面から見てしまった犠牲者のような表情はそれ以外に、どう考えればいいんだろう。ローズの顔が、それほど怖く見えたなんてあり得ないし、本当にミイラが動いたとか——

（馬鹿ローズ、そんなはずあるわけないってば！）

奥様の部屋に行ったら、奥様はまたまたベッドの上で膝を抱えてお考えの最中だった。お声をかけると「ええ」とか「そう」とかはおっしゃるけど、たぶん聞こえていないし、目は開いていてもなにも見えていない。このままだとまた、自分が見たことをお話しし損ねてしまいそうだ。仕方ない。小説家がお仕事の奥様に下手な文章をお目にかけるのは気が進まないけど、と、デスクの上にあった便箋《びんせん》とペンをお借りして、昨夜のレディ・ペンブルックとの会話、それから今し方のミス・ジェラルディンとの会話をできるだけ詳しく書きつける。

書いているうちにまだ他にも、いくつか奇妙に思ったことを思い出した。たとえば最初の晩、二階の廊下で出くわした奇妙なハウスメイド。彼女にいわれたからローズは図書室に足を踏み入れて、ミスタ・グレンフェルに嫌な思いをさせられる羽目になった。ただの偶然にしても。他にもあれこれと書き終えて、後はビルが戻ってくるまでここで奥様と籠城しよう。でも、どれくらい待つことになるかわからない。やっぱり食料が要る。なにか、これなら食べても大丈夫と思えるものが。

（そうだ。確か食品庫の籠に早生《わせ》のリンゴが入ってたっけ。美味しくはないだろうけど、皮を剝けば薬とか心配ないし、きっと喉が渇いたときにも役に立ちそう。あと、ブリキ缶の缶詰も何種類もあったみたい。そういうものを持ち出して、奥様の所に行こう）

軍隊の口糧《こうりょう》として発明されたという缶詰は、最近では缶切りを使えば簡単に開けられる形になって、一般にも広く売られるようになった。牛タンとかチキンのゼリー寄せとかアスパラガスとか、食料品店で見るたびに「どんな味がするんだろう」と好奇心が動いたけど、食べたことはない。リェンさんが断固としてキッチンに持ちこませないからだ。こんな場合だけど、味見できるかもと思ったらちょっと楽しみ。

メモの最後に『地下で果物と缶詰をもらって戻ります』と書き足して、相変わらず人気の無い地下に下りて酒庫の隣の食品庫を覗くと、缶詰食品の備蓄は予想外の充実振りだった。普及してきたといっても、缶詰にあまり高級なイメージはない。どちらかといえば労働者階級《ワーキングクラス》向けなので、ちゃんとしたコックがいる上流階級《アッパークラス》のキッチンにそういうものがたくさん買いだめされているというのは、考えてみると少し不思議だ。海亀《うみがめ》のスープとかフォアグラのパテとか、それなりに値の張りそうなものもあるが。

(だけどスープはどう考えても、温めないと駄目だろうし。あ、桃の缶詰なんてあった。これならそのまま食べられるよね)

そんなことを考えながら、そこにあったバスケットに缶詰を放りこんでいたら、いきなりドアのところに立っていたエミリと視線が合ってしまった。これではどう見てもローズはレディズメイドどころか食品泥棒で、言い訳のしようもない。言い訳しなかったら、よけい恥さらしだけど。

「あっ、あのっ、これはね」

けれどエミリはローズの方をろくに見ようともしないまま、

「こないだの茶色い男の子が、また来てるよ」

という。

「え、モーリスが？　どこにいるの？」

「裏門を出てすぐのところに、いまは使ってない馬小屋がある。その中で待ってるって、いってた」

「有り難う、エミリ！」

心細さがいっぺんで吹き飛んで、バスケットは置いたまま駆け出した。前にも使った裏庭に通ずる階段を駆け上って、普段は使われていないらしい裏門から忍び出る。馬小屋はすぐわかったけど、ずいぶん昔の、半分廃墟のような、屋根も落ちかけた小屋だ。馬の臭いもしない。それどころか、人のいるらしい気配も全然無い。

（ちょっと、変？……）

そう思った次の瞬間、後ろから肩を摑まれた。振り向こうとするより早く、頭から袋をかぶせられる。腰までその袋に押しこまれて、上から縄らしいものがぐるぐる巻きつく。息が詰まりそう。袋の中から声を上げ、必死にもがいた。すると、

「静かにしろ」

押し潰したみたいな男の作り声だった。でもこの声、聞き覚えがある。うん、絶対そうだ。

「ミスタ・グレンフェル？」

「くそッ」

という罵り声と同時にお腹を思い切り殴られて、気が遠くなる。力の抜けた身体を、小麦粉の袋みたいに抱え上げられたことだけはわかった。そのまま気が遠くなっていたのだと思う。気がつくと冷たい床の上に転がっていた。

周りは見えない。かぶせられた袋と、袋の上から巻かれた縄はそのまま、放り出されたらしい。でも縛られている、というほどじゃない。どうにか身動きはできるし、幸い両手は胸の上の方にあった。ローズは手探りで胸元のホックを外し、コルセットの前の留め具《バスク》に結んであった紐を引いて、その先についている三日月形のものを引き出す。それはロンドンを発つ前に、モーリスがお守りだといってくれた。端にある輪に紐を通そうとしたとき、やっとそれがなにかわかったのだ。

少し厚みのある三日月形の中には、爪の先で摘まんで引き出せる同じ三日月形の刃が仕込まれていた。武器というにはあまりにもささやかではあるけれど、その刃は軽く紙の端に当てただけで切れるほど鋭利だ。それがいま役に立つ。モーリスがいったとおり、身につけていたから。

最初に袋の上の方を切って、顔を出した。でも、なにも見えない。真っ暗だ。どこかの地下室かもしれない。空気は少し湿っぽくかび臭い。三日月の刃を動かして切れ目を広げ、もがきながら身体を起こす。腰の周りに巻きついている縄と、袋の残りからどうにか抜け出せた。でも明かりが一切ないのでなにも見えないし、どういう状況なのかもさっぱりわからないままだ。

(思いっきりわあっとか、声上げてみようかな。でもそれで、ミスタ・グレンフェルが、来たら困るし)

なんだってあの男が、ローズをこんな目に遭わせたのかがちっともわからないけど、そんなことよりも、あれからどれくらい時間が経っているのか。奥様をおひとりにして来てしまったことが気にかかる。出口はどこ。四つん這いになって、両手で足下を探る。床は切石《きりいし》。地下室だろうか。壁は?

そろそろと立ち上がって、一歩踏み出した途端になにかにつまずいた。足がもつれて転んでしまった。でも、お尻が落ちたところは硬い床じゃなかった。布だろうか。だけど、さっき切り裂いた袋じゃない。もっと上等の、ウールみたいだ。それに、布の中になにか入っているような感じ。それから、濡れたような感触も。水よりもっとべたべたする。それで布が濡れている。え、なんだろう。なんだかすごく気味が悪い。もう少し上の方に手を伸ばしたら、今度は金属みたいな冷たいものに触れた。

（いやだ。なに、これ――）

でも、そのとき声が聞こえた。男の声がふたり、上の方からしている。なんといっているのかはよくわからないけど、あれはミスタ・グレンフェルなんかじゃない。ビルとモーリスだ。それ以上我慢できなくて、ローズは声を張り上げた。

「あたしはここよ、モーリス、ビル！」

そうして立ち上がろうと足に力を入れたけど、その拍子《ひょうし》に伸ばしていた手に触れていた金属みたいなものを、ぐっと摑んでしまう。たちまち足音が近づいて、頭の上でドアが開いた。光が射してきた。

「ローズ、無事か？」

「うん、大丈夫！」

「しかし、おい。そいつは？」

ビルの声と一緒に光が伸びてくる。それに指さされるように、顔を横に向けたローズが見たものは、自分のお尻の下、床の上に仰向けに転がったミスタ・グレンフェル。目と口をぽかんと開いた、馬鹿みたいな顔がすぐそこに仰向いている。シャツの胸は真っ赤。そしてそこに突き立っていたのだろう、なんとかいう骨董品の短剣、ペンブルック伯爵の背に刺さっていたあれが、ローズの右手にある。

「ローズ、おまえ、やっちまったのかよ」

「違う！」

ローズは叫んだ。

「違う、違うよ。あたしじゃないんだってば！」

第七章

裁かれる者と試される者

ぽかり、と――

レディ・ヴィクトリア・アメリの目が開いた。

眠っていたわけではない。まぶたも、実際のところ閉じてはいなかった。ただ深い水底《みなそこ》に沈んで、そこで足を抱えて座りこんでいたのが、少しずつ浮かび上がってようやく水面に顔を出した。そんな風だった。水は、彼女自身の思考だった。

自分は元来現実的な思索には向いていない、と彼女は思っている。なんのために考えるかよりも、あれこれと考えること自体を楽しみすぎるし、その転がっていく先がとんでもないほど嬉しくなってしまう。小説の筋を立てているときならそれもいいが、他のことに役立つというものではない。

ふと我に返ったのは、生理的な理由からだった。なにか、気分が良くない気がしたのだ。身体は動かしていないまま硬くなっているが、その真ん中に穴が開いて、それがだんだん広がっていくような、奇妙にふらふらする感じ。それが思索を妨げて、なにも映っていない目をまばたきさせた。

部屋の中は暗かった。暖炉の火は燃え尽きていた。何時だろう。炉棚に時計があるが、見えない。ベッドを下りかけたら、本当に身体がぐらっとした。めまい？　確かに気分が悪い。そしてお腹のあたりが、ぐーっと音を立てた。そうか。空腹なのだ、自分は。朝はローズやビルと話しながら茹で卵をひとつ食べただけで、もう夜になっているらしいから不思議はない。ビルはもうとっくに出かけただろうけれど、ローズはどうしたのだろう。少し寒い。暖炉を点《つ》けたいと思ったけれど、たぶん自分では上手くできない。お茶が飲みたいし、それと一緒になにか摘まめるものが欲しいとも思ったけど——

そこでようやく、ヴィクトリアは我に返った。わたくしとしたことが、なにを呑気なことばかり。なにも起きていなかったら、明かりもない部屋に自分ひとりを置いて、ローズの気配がどこにもないなどということがあるはずはない。「ひとりにしておいて」と勝手をいっても、あまり遠くないところから、ローズがこちらに注意を向けていることはちゃんと意識できていた。けれどいまは。

ベッドサイドの小テーブルにオイルランプ、その横にはマッチがある。さすがにランプくらいは不器用な自分でも点けられる。それでも慣れないことに、指を焦がしそうになりながら、ようやくぼうっと黄色い光の輪が生まれると、そこに畳んだ便箋が置かれているのにやっと気づいた。開いてみると、初めて見るたどたどしい文字のそれは、ローズが自分宛に書き残したものだった。

『奥様　これまでにあたしが見たり、聞いたり気がついたりしたけど、お話しするひまがないままになってしまったこと、また後にすると忘れてしまいそうなので、手紙に書きます』という書き出しのそれに目を通しながら、自然とことばが洩れてしまう。

「まあ嫌だ、わたくしったら。本当になんてこと。あの子の話をちゃんと聞いていれば、こんなに考えこむ必要なんてなかったのに。ええ、これも、これも。欠けていたピースにすべて当てはまるんだわ――」

ヴィクトリアは立ち上がった。確かに空腹ではあったが、もうふらつきはしなかった。むしろそのせいで、頭は怖いほど冴えている。脳裏を満たしているのは、怒りだ。問題は自分なのだから、そのためになにをされても容赦する余地はある。だがもしも彼らが、ローズをひどい目に遭わせたりしたら赦《ゆる》さない。図書室であの子がミスタ・グレンフェルに怪しからぬ真似をされそうになった、そのことだけでも腹に据えかねている。

いくらあの男が放蕩者《ほうとうもの》で、メイドは皆男遊びが好きだと信じていても、いきなりローズに手を出すのは唐突に思えた。だがそれも計画の一部だったのだ。だれかが、たぶんシャルロッテが訳知り顔で、あの若い侍女はあなたに気があるとささやく。そして顔を隠したメイドが、ローズをそそのかして図書室に向かわせる。その結果なにが起こったか。一番ミイラを見たがっていたミスタ・グレンフェルが面目を失って、その晩のうちにミイラを見物しよう、という話が自然とお流れになったのだ。

あのミイラをつぶさに点検されるのは、避けなくてはならない。特に取り替えられた棺の蓋、だれにでも動かせそうなあの軽い蓋は。伯爵が来ればそのご機嫌を気にして、客たちも多少遠慮がちになるだろうから、最初の夜を切り抜けられればいい。ただそのためにで、ミイラは不快な思いをさせられた。実際はアミーリアの好意をふたりの男性が競ったせいで、ミイラは危うく解包されかけたが、レオーネが彼らを鼻白ませても臆することなく、それを強引に止めた。そして、その晩に事件は起こった。

「そうよ、ミイラ。結局すべては、あのミイラに始まりミイラに終わる」

ミイラの視線が向いていたのはロード・ペンブルック。けれど話はそれだけでは終わらない。なぜなら、それでは自分が巻きこまれる理由がないからだ。だがビルがいったように、すべてが自分を陥れるための罠であったというなら。

（まだこの先に、違う舞台が用意されているはずね……）

ローズの手紙をポケットに、オイルランプを手にしてヴィクトリアは部屋を出た。暗い廊下を真っ直ぐに歩き抜け、図書室のドアを開けた。内部に明かりはない。ランプを胸元にまで持ち上げて、あたりを照らしながら輪形の回廊を歩いて行く。膨らんだスカートの女性なら、すれ違うのは難しい程度の幅の通路だ。そして鉄の手すりの高さはせいぜいが一メートル。長身の伯爵なら腰より低いだろう。背後から思い切り突かれれば、足下の危うい老人はバランスを崩して転落して不思議はない。

靴底がガラスの破片を踏んで、ジャリリ、と不快な軋みを上げる。ミイラ棺を立てて納めた飾り棚の扉は、二枚の板ガラスを鉛の枠で繋いだ、その上半分が叩き割られている。ランプを寄せて覗くと、牙のように尖《とが》ったガラスの割れ口がきらきら光る中に、鈍い金色をした人型棺の顔がある。黒い縁取りをした大きな目がこちらを向いて、じっとなにかいいたげに見つめている。

ヴィクトリアは手を伸ばして、上半分が枠だけになっているガラス扉をそっと引いてみた。金具はかなり硬いようだ。しかし、残るガラス片で手を切らないように気をつけながら棚の中まで手を伸ばし、そっと棺の蓋に手をかけると、やはりそれは現代の模造品であるらしく、あっさりと持ち上げることが可能だった。両手で蓋を外してみる。中に納められているのは、一度レオーネたちと見た、上からかぶるマスクに頭部を覆われ、身体は黄ばんだ亜麻布でくるまれたミイラだ。

「あなたが目覚めたとしても、包帯がこのままでは手や足を動かすのは無理ね。でもだからといって、あなたの屍衣《しい》を剝いで素裸にしようなんて、決して思わない。その点は安心して。無事にエジプトに戻れたらいいわね」

生きているもののように語りかけたヴィクトリアは、ランプを近寄せてその身体を見つめ、やがてうなずいた。

「そう。そういうことね、やっぱり」

包帯の上から摘まみ上げたものを、光にかざして見てから足下に落とす。

「わたくしは、誰のことも裁きたいとは思わない。試みに遭わせることも望まない。でもわたくしの愛するもの、わたくしを愛してくれるものを、傷つける真似だけは断じて赦さないわ。わたくしの命と自由に換えても、守るべきものは守ります。それがチャールズを見送った後、わたくしが生きている意味だから」

キッと顔をもたげて、暗い円天井を見上げる。そこにすべての首謀者である彼らが、こちらを見下ろしているのだというように。たぶん「ように」ではないだろう。彼らはきっとすぐ近くで、自分の様子を観察し続けているに違いない。いままでもずっと。どんな理由があるにしても、卑劣な話だわ。いい加減、姿を見せたらどう。


きいい……

歯車のきしるような音が、下から聞こえてきた。手すりから下を覗いても、明かりのない図書室の一階は闇に沈んでいる。だが手にしていたオイルランプを突き出すと、床の上を動いていく黒い影が辛うじて見える。ただそれは、人が歩いているようではない。ゆっくりと滑るような動きと、きいい、きいい、という耳に心地よくはない音だけがわかる。いや、さらに耳を澄ませば、痰《たん》の詰まった喉が鳴っているらしい、ごろごろという音、喘《あえ》ぐような息の音も聞こえてくる。

ヴィクトリアはそれ以上ためらわなかった。ランプを右手に掲げて、一歩ずつ螺旋階段を下っていく。円形をした図書室の中央に、光に照らされて浮かび上がる、いまは止まっているもの。それは、奇妙に不格好な木の椅子に座った、白髪の老人だった。だがその顔は無残に歪み、薄く開いたままの唇の端からは、よだれが透明な糸となってナイトガウンの胸を濡らしている。ごろごろという喉鳴りと息の音は、その口から洩れているのだ。

「ロード・ペンブルック……」

近づいていったヴィクトリアに、かっと開いたままの目が動いた。椅子の上で身じろぎし、両側の肘掛けを摑んで立ち上がろうとする。だがそれはほとんど不可能だった。肘掛けの上に置かれた両腕は、互いにちぐはぐな痙攣めいた揺れ方をするばかり。分厚い靴下に包まれた足は足置きの上でほとんど動かず、首だけが前に突き出される。唇が震え、開いた口の中で舌が動くのが見えたが、音は声にならず、鈍いうなりが聞こえるのみ。

それでも意識は失われていない。自分の目の前に立っているのが、シーモア子爵未亡人であることを、彼は完全に認識している。見開かれた目には憤りと蔑《さげす》みがあり、曲がった唇が満足に動いたなら、そこから発せられることばは罵声《ばせい》以外のものではあるまい。だが彼の肉体は、その意志に従う力をなくしている。ペンブルック伯爵の意志は、病んだ身体に封じこめられた囚人なのだ。

「なんて、お気の毒な――」

ヴィクトリアの口から呟《つぶや》きがこぼれた。だがその途端、くわっと老人の口が開いた。なにともしれぬ獣じみた呻《うめ》きがそこからほとばしり、肘掛けの上からもたげられた左手が、大きく開いて彼女めがけて突き出された。思った以上に素早い、餌《えさ》を狙う猛禽《もうきん》を思わせる。まだ、それほどの動きができる能力は残されていたのだ。

だがヴィクトリアは軽く身体を反《そ》らせることで、なんなくその手を避けることができた。椅子から立てない以上、手の届く範囲は限られている。ペンブルック伯爵は意識が鮮明なだけでなく、耳も聞こえる。そして自分のような女からの哀れみのことばに、怒りを覚える気概さえ保っている。しかしそれ以上はない。相手がほんの一歩後ろに下がれば、もうなにもできない。突き出された腕の先で、開いた五本の指が空《むな》しく震えるばかり。なんという、無残な晩年を彼は迎えているのだろう。

ヴィクトリアはもう一歩後ろに下がって、伯爵の椅子の背後に回ってみた。彼が座っている白木の、どこか中世異端審問所の拷問機械を思わせる背もたれの高い椅子は、予想したように四つの車輪の上に乗っていた。さっき聞いたのは、車輪の軸がきしる音だった。ランプをかざして注意深く見れば、図書室の床は廊下側の床から中央部に向かって、ほんのわずか傾斜している。ドアの隙間から滑り入れれば、それ以上力を加えなくともこの位置までゆっくり動いてきたろう。当然ながら、その者は、いまもその扉の向こうからこちらを注視しているはずだ。だれが、なんのために？　それはもはや問うまでもない。

「いい加減に姿を見せたらいかが？」

ヴィクトリアはドアを見つめて、凜《りん》と声を張る。

「わたくしは無論ロード・ペンブルックを擁護《ようご》する立場にはないけれど、病人を眺めて楽しむほど悪趣味ではないし、彼に対してそこまでの怒りや憎しみを覚えたことはないの。彼がなにをしたにせよ、報復に手段を選ばないというのも正しいとはいえない。これがミネルヴァ・クラブの復讐だとしたら、正直なところとても失望だわ」

その呼びかけに応えるように、音もなく、廊下に通ずる両開きの扉が開く。入ってきて深々と一礼したのは、黒い制服に純白の付け襟とカフス、白いフリルのエプロン、頭には白のモブキャップをかぶった、長身のメイドだ。

「よくお越しくださいました、レディ・ヴィクトリア」

そう低くささやいた、声が奇妙にくぐもっていると思えば、頭を上げたその顔は、鈍い銀色をした仮面で覆い隠されているのだ。

「ローズと夜の廊下で会ったメイドというのは、あなただったのね？　そのときは、仮面をつけていたとは聞いていないけれど。ポーターに変装していたのもあなたでしょう。それもごていねいに、ロンドンとこちらの駅の両方に姿を見せた。わたくしにはわざと気がつかせるつもりだったのでしょうけど、ローズもメイドの後ろ姿から男装のポーターを思い出していたわ」

「さすがに、貴女様《あなた》の侍女は若くとも慧眼《けいがん》ですね」

「その賢い子を道具のように扱って傷つけた。赦すつもりはありませんよ」

「メイドを我が子のように。おやさしくていらっしゃる」

「女を差別する男を糾弾するなら、メイドに頼り切りながらそれを蔑む主も同様に責められねばならないはずだわ」

「そのやさしさが貴女様を追い詰め、傷つける羽目になるやもしれません」

「結構よ。自分で担《にな》うと決めたものは、自分ひとりで担います」

「そうお急ぎにならなくとも、お考えになる時間は充分ございます」

無言のまま、肩をすくめて答えに換えたが、

「では、どうぞ。智慧《ちえ》の女神の殿堂にご案内いたします」

「どこから?」

「ここからでございます。危のうございますから、お動きになりませぬよう」

不意に足下が揺らぎ出す感覚に、声を出しそうになって辛うじてこらえた。床が沈んでいく。伯爵の車椅子とヴィクトリア、そして仮面のメイドを載せた床の部分が、円く切れこんでいく。地下の厨房から階上の食堂まで、料理の皿を一気に運び上げる小型リフトと、似たような仕組みに違いない。ただそれよりはよほど深いようで、岩盤を掘り抜かれた縦穴の中を、下へ下へと下っていく。

唯一の明かりである、ヴィクトリアが手にしていたランプの灯がふっと消えた。闇に包まれた。「ううっ」と伯爵が呻きを洩らす。だがその刹那《せつな》、ひやりと冷たく湿った空気が顔を撫でる。水の匂い。泥の匂い。そして一斉に照明が点った。ヴィクトリアは、閉ざされた岩屋の中に立っている自分自身を見出《みいだ》した。濡れた岩の床と壁、天井。鍾乳洞《しょうにゅうどう》のように見える。そしてここも上階の図書室同様、円い。いま立っているのは一番低い円形の床の上で、古代ローマの劇場に似て周囲は階段状。床を取り囲んで二十足らずの石の椅子が彫りこまれ、その半ばが人影で埋まっている。

顔は見えない。だれもが古代風の仮面をすっぽりと頭にかぶっている。黒いマントで全身を覆って、身体つきも服装もわからない。だが手の先は見えている者がいて、女性だということまで隠すつもりはないらしい。そして真正面のひときわ大きな椅子にかけている女性は、たてがみ飾りのついた兜《かぶと》の面頬《めんぼお》を引き下ろし、細かな襞を寄せた寛衣《かんい》の上半身には小札鎧《こざねよろい》という出《い》で立《た》ちだった。智慧の女神アテナ、あるいはミネルヴァの扮装《ふんそう》ということか。

「よくぞお見えになった、レディ・ヴィクトリア。貴女をこの、我ら姉妹たちの殿堂にお迎えすることができて、大変に喜ばしい」

顔を隠した面頬に、声を変える仕掛けがついているのだろう。それが地下の岩天井に反響して、なおさらものものしく凄《すさ》まじく聞こえる。

（茶番だわ――）

ヴィクトリアは思って、まっすぐ女神のなりをした相手を見つめ返した。

「そう？　それで、いまからここでなにを始めようというのかしら。大方予想はついている気がするのだけれど、ここはあまり居心地が良くないわ。特に病人のためには。だからなにかいいたいことがあるなら、さっさといってしまってくれない？」

「病人のことは、案ずるには及ばない。その男は裁きを受けた。命を奪うことはしない。だがこの先は彼が虐げてきた家族の世話に頼って、その情けを唯一のよすがに残された余生を送ることになる。それがどれほどの長さになるかは、主が決め給うだろう」

ロード・ペンブルックの口から、ことばにならない呻きが洩れている。唇が震えわななき、だらだらとよだれが溢れて顎を濡らす。

「それが判決？　ここにいる人たちがミネルヴァ・クラブの姉妹たちだというのね？」

「そうだ。女による、女のための法廷が、女を迫害する者を裁いたのだ」

「でも伯爵には申し開きはできない」

「その時は過ぎた」

「すべて理解しているけれど、声が出せない」

「無論だ。そうでなくては困る」

「ずいぶん残酷なのね」

「その男がこれまでなにをしてきたか、知らぬからそのようなことがいえるのだ。レディ・ヴィクトリア」

「つまりこれは復讐。あるいは暴君に対するクーデター」

「そういうことになる。予想していたのか？」

「そこまではね。でも、なんでそれにわたくしが巻きこまれなくてはならないのか、そこがわからなかった。伯爵に遺恨があったといっても人が納得しそうな、わたくしやレオーネを居合わさせて、犯人役に仕立てる気なのかとも考えたけれど、それにしては変に手際が悪い」

「そうかな。貴女とふたりきりの部屋で、その男が倒れ傷ついたことに変わりはない。身の証《あか》しが立てられなければ、貴女はロンドンにはいられなくなる」

「ですけど、わたくしわかったわ。あの夜に図書室でなにが起こったか」

「ほう、ならば聞かせてもらおうか」

「馬鹿馬鹿しい。ここにいるだれもがわかっていることを、なんでいまさら繰り返さなくてはならないの？　これ以上茶番につき合う気はありません。わたくしはロンドンに帰ります。ロード・ペンブルックも、どうかベッドに戻してあげて。あなたたちが伯爵によほど深い恨みを持っているにしても、いまの彼をこれ以上いたぶるのは公正とはいえないでしょう？」

女神は黙した。急に静かになってしまった地下洞窟の中で、ロード・ペンブルックの人間離れした呻き声だけが、哀訴するように聞こえている。だがそこへまた、車椅子の車輪がきしるキイキイという音が聞こえてきた。階段状になった周囲の壁に開いた戸口から、仮面のメイドがまた別の椅子を押して現れている。その椅子の上に座っているのは、

「アミーリア」

「ご心配なく。彼女はなにも怖い思いはしていません。アルヴァストン伯爵家のタウンハウスに戻る代わり、お伴のあまりおつむのよろしくない軍人さんと、少し遠回りの旅をしていただいただけです。そしていまは阿片入りのワインで、五彩の夢を見ながら健《すこ》やかに眠っていらっしゃいますわ。どうぞ、ご覧になって。男という汚れを知る前の、エデンに暮らすイヴのようではございません？」

背もたれに寄りかかって、ぐったりと目を閉じているアミーリアをよく見えるように、メイドは椅子をこちらに向けて固定する。

「おじいさまが急病だといわれて夜の雨の中を連れ出されて、ロンドンに着くこともないまま閉じこめられていたなら、なにも怖い思いをしていないとはいえないでしょう。あんまり適当なことはいわないでもらいたいわ」

「適当ではありませんわ。ミス・アミーリアが怖い思いをするとしたら、これからですのよ、マイ・レディ」

「あなたは——」

アミーリアの顔にかかった髪をそっと掻き上げて、汗ばんだ頬を愛撫《あいぶ》しながら、

「なんて愛らしい薔薇色の肌。巣立つ前の小鳥の雛《ひな》のような、なんて華奢《きゃしゃ》な喉《のど》でしょう。私の手でも一摑《ひとつか》み。もちろんそんなこと、したいわけではありませんわ」

「止めて。アミーリアに手を触れないで」

「ええ。させないでくださいな、どうか。マイ・レディ」

「なにをしろというの」

「どうぞ、図書室の事件の謎解きを」

どうしてもそれを、ヴィクトリアの口から語らせたいらしい。

「ミイラよ」

ヴィクトリアは投げ出すように答えた。

「ロード・ペンブルックは、わたくしからの伝言だと偽られて図書室におびき出された。わたくしとの会話で激昂して、ミイラの入った棚のガラス扉を叩き割った。けれどそのときミイラが目覚めた。棺の蓋を内から開いた。伯爵は信じられない事態に驚愕《きょうがく》して、認めはしないでしょうけれど、恐れおののいて逃れようとミイラに背を向けた。ミイラは割れたガラスの中から手を伸ばして、伯爵の背を力いっぱい突いた。彼は落ちた」

「それがあなたの答えか、レディ・ヴィクトリア」

女神の問いに「いいえ」とかぶりを振る。

「さすがにこの時代、それで納得できる人は少ないでしょうね。それは見せかけ。でも伯爵は、ミイラが目覚めたのと同じほど、もしかしたらそれ以上の驚愕と恐怖を味わったことでしょう。彼にとっては決してあり得ない、大地が割れるほどの突発事だったから。いついかなるときにも自分に従順、決して逆らうことのない妻、好きなように怒鳴りつけ、罵り、足蹴《あしげ》にして鬱憤を晴らせるはずの女が、憎しみの目を向けて襲いかかってきた。日頃の強気もその瞬間蒸発して、彼は背を向けて逃げようとしたのです」

「違います。レディ・ペンブルックではありません！」

ヴィクトリアを囲んでいた女のひとりが声を上げると、頭の仮面をかなぐり捨てて立ち上がる。それはミス・ジェラルディンだ。

「図書室の二階回廊で、身を隠せる場所がどこにありましたか。私がこの手でやったのです。だれになんといわれようと後悔などしない。哀れみも覚えません。むしろ殺せなかったことを悔《く》やみます。なぜかわかりますか、あなたに」

「ええ、たぶん。でもミス・ジェラルディン、あなたがしたのは床に倒れていた伯爵のところに駆け寄って、ミスタ・グレンフェルの目を盗んで、背中に鎧通しを突き刺したことだけですね。私はその瞬間は見ていないけれど、落下の直後、倒れている伯爵の背を回廊から見下ろしました。そのとき、鎧通しの柄《つか》は見えなかったと思います。

でもそれでは、彼がなぜ回廊から落下したのかがわからない。刺し傷はそれほど深いものではなかったというし、近づいて、倒れている伯爵の顔を覗き見たわたくしの侍女は、その表情には驚愕と恐怖が刻まれているようだった、といっています。二階回廊で、彼を震撼《しんかん》させるものに出会ったからです」

「ロード・ペンブルックはひとりで落ちたんです。片脚が麻痺してろくに歩けないのに、一階の寝室から二階へ上がるだけで疲れ果てていたはずですもの。椅子から立ち上がったときにまた発作が起きて、足がもつれて、手すりを越えて落ちたんですわ」

「けれど小柄なレディ・ペンブルックなら、新しく取り替えた軽いミイラ棺の、蓋の背後に身をひそめることはできました。それでもいつもの髪型では後ろに膨らんだ髷《まげ》がつかえるので、髪は下ろして、着ているものも嵩張《かさば》るクリノリンなどは外していらした。白い抜け毛がミイラの上に落ちていました。それと、ガラス扉の割れ目から手を突き出したとき、切り傷ができたのではありませんか。その夜にローズが廊下でお見かけしたとき、手袋を着けていらしたのは、その傷を隠すためだったのでは？」

「本当に、なにからなにまでよくお気づきでいらっしゃること」

かすれてはいたが落ち着いた女性の声とともに、小柄なひとりが石の椅子を立つと仮面を外《はず》して足下に置く。レディ・ペンブルックだ。

「前から耳にしていたとおり、貴女はとてもお強くて賢い方ね。そして運がいい。先代のシーモア子爵は、レディ・シーモアにとっては決していい夫でも、頼りになる伴侶《はんりょ》でもなかったでしょうが、貴女はその彼のもっとも良いところを、それだけを最良の時に手に入れられたのですもの。でも忘れないで。それは運命が貴女に味方したからよ。私を含めて多くの女は、それほどの僥倖《ぎょうこう》には恵まれないものよ」

「わかっている、つもりですわ」

ヴィクトリアは硬い表情でうなずいたが、

「それはどうかしら。夫に同情するようなことばを口にされるのを聞くと、少し疑問に思えるわ。でも、それは仕方のないことね。血を分けた実の子さえ、妻であり母である私が堪え忍んできた苦痛をわかってはくれない。末のオーガスタは父親の実像を知る前に嫁いでいってしまったし、長男次男は父を恐れ嫌って家に寄りつかぬまま逝き、三男は廃嫡を申し渡されても金輪際戻らないと誓っている。あの子たちを恨むわけにはいかないけれど、ペンブルック伯爵家の中にどんな地獄が渦巻いて、私がどれだけそこで血の色の涙を流したかを、理解してくれるのはジェラルディンだけ。そうでしょう?」

「レディ・ペンブルック、お義母様《かあさま》、どうかもうお止めになって。ご自分を苦しめることはありませんわ。過去のことですもの」

ミス・ジェラルディンが悲鳴のような声を上げたが、

「過去ですって？　いいえ、それは違うわ。私は忘れられない。あなただって忘れることなどできないでしょう。少なくとも、いまはまだ」

レディ・ペンブルックは疲れたような笑みを見せると、車椅子にかけたきりのロード・ペンブルックに向かって歩み寄っていく。

「ねえペンブルック、ミイラの棺から私が出てきたとき、あなたはきっと、さっきレディ・ヴィクトリアがいわれように感じたのね。血が凍るほど驚いたのでしょう？　あのときのお顔といったらなかった。あなたにとって私は本当に、死人みたいなもの、妻という仮面をつけたミイラのようなものだったでしょうからね。でも、私はとても楽しかった。この両手を思い切り前に突き出して、あなたの背を突き飛ばしたとき、ガラスで手が切れた、その痛みさえ快かった」

レディ・ペンブルックは、両手につけていた白い布手袋を脱ぎ捨てる。その手の甲や、手のひらにはまだ生々しく赤い傷が刻まれていたが、それを眺めて、

「私の手」

陶酔の表情でつぶやく。

「これまで五十年近く、自分の意志を持てず、いわれるままに動かされ、奴隷にされてきた可哀想な手。でもあのとき、私は自由になれたの。この傷はわずかな代償。そして二度と奴隷にはならない、私の誓いのしるし」

「お義母様——」

「ジェラルディン、殺さなくて良かったのよ。それでは駄目。早すぎる。ねえ、ペンブルック。あなたがひとりでは身動きできない、口も利けないと知ったときは、これまで私に辛く当たってきた運命がようやく手を緩めてくれたと、驚喜いたしましたのよ。

私たちが結婚した四十七年前、最初の夜にあなたはおっしゃいました。自分には身分違いの恋人がいて、親に反対されても絶対その女と結婚する気だった。だが、女が産んだのは自分の子ではなかった。騙されていたのだ。以来自分は女という女を憎み、自分の血をも憎んでいる。おまえを抱くが愛しはしないし、おまえが産んだ子も愛さない。ペンブルック伯爵家は自分の代で断絶する。そのつもりでいよ、と。

そしてあなたはそのとおりになさった。私を卑《いや》しめ貶《おとし》めるためだけの、夜ごとの恐怖と苦痛。本当に地獄のよう。だれに訴えられもせず、ただ耐えるしかなかった日々。けれど私が身を傷めて産んだ子供たちは、あなたを恐れ憎んで逃れ去り、せめてもの心の慰めにと、養女に迎えた姪のジェラルディンさえ、あなたは——。そして私には、なにも残されていなかった。何度死のうとしたかしれません。

でも、自殺しなくて良かった。なんてすてきなどんでん返しでしょう。この館、私たちのアルカディアでジェラルディンとふたり、一生懸命お世話します。どうぞ長生きなさってくださいね」

身をかがめてやさしくささやきかけるのに、ロード・ペンブルックは椅子の上で小刻みに身を震わせている。左右の歪んだ粘土細工のような顔。見開かれた目の中に浮かんでいるのは、黒々とした絶望だ。その表情が、レディ・ペンブルックのことばが偽りではないことの証しだった。

「そうですわね。私たち、これから幸せに暮らせますわね」

ミス・ジェラルディンもいい、ふたりは顔を見合わせて微笑み合うが、ヴィクトリアは眉を寄せている。自分に彼女たちを非難する資格があろうはずもない。その味わってきた苦痛には心から同情するが、この先を思えば心が塞ぐ。

(それに、復讐心を満足させることが、本当に幸せなものかしら……)

「これがあなたの望んでいた結末、智慧の女神様?」

否応《いやおう》なく胸に淀む重苦しさを振り切るように、ヴィクトリアは顎を上げて、高い椅子の上に座る女性に問いを投げた。

「けれど、どうしても納得がいかないからお尋ねしたいわ。ペンブルック伯爵家のレディたちが横暴な伯爵に反乱を企てたなら、その謎は解かれる必要なんかない、いえ、むしろ解かれてはいけないものでしょう?　目覚めて動き出すという怪談がつきまとうミイラを煙幕に、犯人などいないのだから結局は事故ではないかと曖昧《あいまい》に決着させてしまえばいいだけのことではなくて?　なのに、わたくしはなぜここにいるの?」

だが、女神はなぜか横を向いたままで答えない。それを見た仮面のメイドが、軽く肩をすくめながら代わりに答える。

「無論貴女様が真相に気づかなければ、おっしゃるとおりの曖昧な決着に、ミイラよりはよほど現実性のある容疑者として、貴女様のお名前が噂として流れることになりましたでしょう。その結果貴女様がロンドンを去れば、だれよりシーモア子爵ご夫妻はお喜びになります。ロード・ペンブルックが亡くなられた後、廃嫡の扱いとなっているご三男のライオネル様が大陸から帰国され、爵位相続を承諾される可能性もある。そのとき」

「ペンブルック伯爵のタイトルは差し上げられなかったが、目障《めざわ》りな未亡人が消えたからせめてそれで良しとしなさいというわけ？　なんてまあ、ろくでもない！」

それ以上我慢できなかったヴィクトリアは、大声を上げてそのことばをさえぎった。

「ご自分の値打ちが軽く見られすぎると？」

「馬鹿なことをいわないで。逆よ。わたくしごときにそれほどの価値があるものですか。でもとにかくわたくしは、問題に答えを出したわけだわ。この一件が外向きにどういう決着をつけるのかは関知しないけれど、おかげさまでロンドンを去るつもりもなくってよ。どうするつもり？」

「無論、貴女様は試みを無事通過されたのですから、ミネルヴァ・クラブの新規正会員として迎えられることになります」

「なんですって?……」

「ご招待状はご覧いただけましたでしょう? 私どもはミネルヴァ・クラブ、自由な女、自由を求め、自立を目指す女のための交流の場です。女がただ女であるがゆえに不当な迫害に泣くとき、犠牲者を救済するために立ち上がるものです。怒りと勇気を持って、押しつけられた《家庭の天使》という虚像を破壊する。この旗印の下に手を繋ぎ合うのです」

「あなたが?」

「私もまた、です」

ヴィクトリアは、機械仕掛けの人形を思わせる銀色の仮面を正面から睨んで、ことばを続けようとした。だがそれより前に、いきなり「**ああもう、うんざりだ!**」という声がした。しばらく前から沈黙していた女神姿の女が、腕を上げて頭の兜を掴むと、首ごと引き抜く勢いでそれを外す。足下に放り出す。兜に隠れていた波打つ金髪が肩に溢れ、むっつりと不機嫌そのものの表情のレオーネ・コルシの顔が現れる。

「やっぱりあなただったのね、ナポレオーネ」

「わかってた?」

「わからないはずがないでしょう。顔を隠して、仮面のせいで声が少し変わっていたからって。ただ、意外すぎて変な気がしたから黙っていたの。この手の小細工はあなたには、およそそぐわないと思ったから」

「悪かったよ、ヴィタ」

レオーネは悪戯がばれた少年のように、ばつの悪げな顔になって、乱れた髪を荒っぽく掻き上げる。

「仕方がなかったんだ。私にとっては大事な弱みを握られて、脅迫なんかされちまってね。それに暴君ロード・ペンブルックが吠《ほ》え面《づら》を掻くならいい気味だし、虐待されてきた奥方たちの仕返しなら手伝いくらいしてもいいと思ってさ」

「だったらわたくしに一言打ち明けてくれればいいのに、レオーネ」

彼女はいよいよきまりが悪いという顔になったが、

「でも実際私がしたのは、ミス・アミーリアのお守りだけだよ。ロード・アルヴァストンは病気じゃないし、ちょっと悪戯で姿を隠すけど、すぐ戻れるから心配ないといって、後は私の冒険話で暇潰《ひまつぶ》しをしてもらった」

「あなたたち、どこにいたの？」

「アルカディア・パークの地下のどこかだと思う。奥のドアを開けたら品揃《しなぞろ》えのいい酒庫で、おかげでワインは飲めたし、明かり取りもあって一日二日過ごすなら住み心地はそう悪くなかったが、食事が缶詰ばかりなのは正直あんまり嬉しくなかったな」

ローズの手紙を見て不思議に思った、食品庫の缶詰はそういう場合のためだったようね、とヴィクトリアは口には出さずに思ったが、

「そういえば一緒に出かけたはずの、ペインズワース少尉は？」

「酒を飲む他やることのない状況に置かれた男のそばに、愛らしい乙女がいればやりそうなことをやろうとしたので、できないようにした。いい聞かせようとしても一向に耳を貸さなかったので、少しばかり手荒な手段を執らざるを得なかった。頭にこぶはできていても、死んではいないと思うが」

「まあ」

「ご無事ですよ。よくお休みです」

仮面のメイドが答える。

「阿片のせいで目が覚めた後は少々頭痛がして、つじつまの合わないことを口走るかもしれませんが、命に別状はありません。ご心配は無用です」

「ああ、あの男のことは別にかまわない。だが」

太い眉をぐいと寄せて、まだ仮面を取らない数人の女たちの方を睨んだレオーネは、

「そのお嬢さんまで阿片で眠らせて、人質に使うなんて聞いてない。そんな真似までするとわかっていたら、なにを代償に持ち出されても手を貸しはしなかったよ。その点については信じて欲しいな、ヴィタ」

「ええ。でもレオーネ、だったらアミーリアがここに連れ出されたときに、なにかいってもらいたかったわ——」

「止めに入ろうかと思ったけど、ヴィタの話を聞きたい気持ちもあって出遅れたんだ。しかし、ミネルヴァ・クラブ？　そりゃ赤新聞の与太話のたぐいじゃないのかい」

「ミス・コルシ、無論あなたにも入会の資格は与えられていますよ」

仮面のメイドのことばを、彼女は「ハッ」の一言で笑い飛ばした。

「止めてもらおうか。女同士でも徒党を組むのは嫌いなんだ。私はただの女冒険家《アヴァンチュリエール》で、政治家も社会改革家も柄じゃない。男の社会と闘うにしろ逃げ出すにしろ、責任とリスクは自分の背中で負える分だけ負うことにしてる。悪いけどね」

ヴィクトリアも「同感よ」とうなずいたが、

「でもそれは強者《きょうしゃ》の論理ですわ」

ミス・ジェラルディンが、喉を振り絞るようにして叫ぶ。

「私たちは、ひとりでは伯爵と闘うなんて思いもよりませんでした。闘っていいのだということさえ知らなかったんです。ただ、泣きながら耐えるだけで」

「そうです。ジェラルディンのいうとおりです」

レディ・ペンブルックもかすれた声を上げる。

「この方が私たちを導いてくれなかったら、決して夫に向かって手を上げることなどできなかったでしょう。夫とは名ばかりの、老いた私の代わりに、夜ごと可愛い姪を辱《はずかし》めるけだもののような男であっても！」

この方、といいながら彼女の目は仮面のメイドを見ている。

「ええ。レディ・ヴィクトリア、貴女とミス・コルシをお招きするのも、ミイラを利用することも、すべてこの方が考えてくれたのです」

「その代償にレディ・ペンブルック、あなたはなにを差し出したの。この館をミネルヴァ・クラブに捧げると？」

「だとしても、なぜいけないのですか。私たちのような、父や夫と呼ぶ男たちに虐げられて泣く無力な女性たちのために、ペンブルック伯爵家の財産が役に立てられるなら、これほどすばらしい使い道はありません。夫が生きているうちに法的な書類はすべて整えて、伝来の領地と爵位だけは仕方ありませんが、この別邸と私たちの権利が及ぶ動産については可能な限り、クラブにお譲りできるようにする予定です」

「そう」

ヴィクトリアはその決然と張り詰めたレディ・ペンブルックの顔から視線を外すと、足下に目を落としたまま低くつぶやいた。

「まだ、取り返しのつかぬわけではない」

「しかしヴィタ、貴女はそこまで反対するのか？」

レオーネが意外な顔を見せるのに、

「では、あなたは賛成なの？」

「病んだ伯爵を生きたまま切り刻むことがいいとは私も思わないが、女性を助けるための女性による組織が生まれるのは悪いことじゃない。そういう動きはたぶん、これからもっと広がっていくだろう」

「わたくしもそう思うわ。レディ・ペンブルックが信じているように、《この方》とやらが本当に無私で、女性解放の理想を持って動いているのならね！」

ヴィクトリアが前に向かって跳躍したのと、動線の先から仮面のメイドが跳びすさるのはほとんど同時だった。しかしヴィクトリアの手には、服の隠しスリットから抜き取った乗馬鞭がある。ひゅっと空気を切って伸びた長鞭の先端が、メイドの頭に届き、深くかぶっていたモブキャップをはじき飛ばす。

飛んだのはキャップだけではなかった。その下の鬘《かつら》と銀色の仮面が同時に宙を舞った。黒服に純白の付け襟、控えめな白いフリルのエプロン。型どおりのメイド姿に、波打つ黒髪を耳の上で断ち切った、断髪に囲まれた女の顔が現れる。細い弓なりの眉、切れ長の目に赤い唇。薄化粧したその端麗な美貌を見つめるヴィクトリアに、驚きの表情はない。それは予測していたとおりの顔だった。

「そう。やはり、あなただったのね」

「気がついていらした？」

「気づかせようとしていたのではなくて？」

「ええ。お久しゅう、だれよりも恋しいお方」

鞭の勢いで額に乱れた前髪を指で掻き上げながら、うっすらと目を細めて微笑む。語尾の甘く溶けるその声に、ぞくり、と背筋を不快な冷気がかすめた。五彩の羽根を輝かせる熱帯の鳥、否、毒蛇を間近にした思いだった。

「知り合いなのか、ヴィタ」

レオーネの率直すぎる問いには、一瞬苦笑して肩をすくめる。

「一度会っただけよ、一年以上前にハイゲートの奇妙な館で」

名を偽った侍女姿の女に誘《いざな》われ、嘘の口実を信じて赴《おもむ》いた郊外の館で、ヴィクトリアが目にしたのはまさしく奇妙な館としか呼びようのない、阿片中毒者の見る夢幻にも似た妖しい快楽の領土だった。「汝の欲するところをなせ」をモットーに、前世紀に存在した地獄の火倶楽部《ヘルファイア・クラブ》の衣鉢を継ぐ秘密結社、その背後にはより大きな、邪悪な、陰謀さえ隠しているのではと疑われた、そこに執事を名乗って現れたのが彼女で、そのときは黒のテイルコートにホワイト・タイの男装が、かえって女っぽさを際立たせていた。いまは身につけているのはメイド服ながら、足の踵《かかと》を合わせ長身をしなわせて、右手を胸に一揖《いちゆう》する身のこなしは女性というよりは青年紳士の仮装のよう、なおさら倒錯の匂いがする。

「なんの目的があってここにいるの、イサドラ?」

「名を呼んでくださる。嬉しゅう存じます。お会いしとうございました、レディ」

「そう？　わたくしは少しも嬉しくないけれど」

「つれないことを。けれど、そのおことばさえ愛《いと》おしい」

「何者だ？」

「身分はといえば、そうね、高級娼館の支配人かしら」

訊いたのはレオーネだったが、かたわらの耳を意識して敢えて刺激的なことばを使う。案の定、それを聞いたレディ・ペンブルックは愕然《がくぜん》としたようだった。ヴィクトリアは眉を険しく寄せて、イサドラの顔を睨み据えながら、

「秘密クラブの女執事よ。どんなことばでこの方たちを籠絡《ろうらく》したのかは知らないけれど、目的は結局のところ金銭的な利益ではなくて？　ロード・ペンブルックへの復讐も、女性のためのクラブも、伯爵家の財産を搾《しぼ》り取《と》る口実に過ぎない。わたくしたちを巻きこんだのも、結局は次の悪巧《わるだく》みのための布石だわ。否定するの、イサドラ？」

「もちろん否定いたしますわ、高級娼館の支配人だなんて。よくご存じのくせに、意地悪をおっしゃる。でも、恋した身の弱みですわね。腹を立てる気にもなれない。おっしゃるとおり、あれはハイゲートの空き家を仮の宿りにした束《つか》の間《ま》の邂逅《かいこう》でしたけれど。私たちの信条はひとつではありません？　人間の自由意志を擁護すること。私が執事を務めるのは、この掟が叶えられる場、そのための組織。女性の自由と解放も当然その中に含まれるのですから、嘘などついてはおりませんわ。

お金のことは、何事もそれがなければ動かしようがないのは事実ですもの。あるところから拝借して、ないところに役立てるのは犯罪とは申せますまい。人の口《くち》の端《は》に面白おかしく上り始めたミネルヴァ・クラブは架空の存在でも、白日の下に晒されては誤解しか生まないだろう真の目的のために、地下で活動する者たちは確かにおりますし、ミス・コルシがおっしゃったように、これからますます多くなっていくでしょう。

私もそのために陰ながら姉妹たちを助けていくつもりでおりますのよ。レディ・ヴィクトリア、私たち決して敵ではありませんわね？　ただちにご賛同まではいただけなくとも、まさかお邪魔はなさいませんわね？」

「する、と答えたなら？」

「それは困りますから、されぬように策を講じさせていただきます。こうして」

素早く身をひるがえして、車椅子の上のアミーリアの横に立ったイサドラの右手に、髪に隠されていたのだろう細身の短剣が冷たく光る。アミーリアが目覚めかけ、小さく身じろぎして薄く目を開くのに、その顔を抱えて刃先を喉元に突きつけながら、

「お動きにならないで、レディ・ヴィクトリア、ミス・コルシも。ここでアミーリア様の血をご覧になりたくはありませんわね。ではどうぞ、私と一緒にいらしてくださいませ。親しく起居を共にし、日々ことばを交わせばきっと貴女様もわかってくださいますわ。ミス・コルシはそのまま。シャルロッテ、エディス、レディをこちらにお連れして」

仮面とマントで全身を覆ったままのふたりが、椅子から立ち上がると滑るように出てきて、左右からヴィクトリアの腕を取る。右手を取った方が、そこに握られていた乗馬鞭を奪う。

「わたくしがあなたと行けば、アミーリアを解放してくれるの？」

「取り敢えずは一緒に来ていただきましょう。貴女様のお気持ちが揺らがぬように」

「伯爵家の令嬢を誘拐するつもり？　大騒ぎになってよ」

「孫娘は父上たちと大陸に旅立ったと、アルヴァストン伯爵は思っておいでです。そうでないとわかるのは一月以上先のこと。けれどご心配なく。その頃にはミス・アミーリアは無事にロンドンに戻られましょう。私たちの忠実な姉妹のひとりに生まれ変わられて。きっとそのときはレディ、貴女も」

「たとえ地獄の火に灼《や》かれても、だれもわたくしに望まぬことをさせられはしないわ」

「ですから、望むようになられるのです。さあ」


だがそのとき突然——

「動くな。スコットランド・ヤードだ。ミス・アミーリア・クランストン誘拐容疑で立ち入り捜査する！」

聞き覚えのある声が鳴り響く。

同時にヴィクトリアの右にいた女の手から乗馬鞭が宙を飛び、それを摑《つか》み取《と》ったレオーネが一閃《いっせん》させて、イサドラの手の短剣を撥《は》ね飛ばした。左右にいたふたりが仮面とマントを脱ぎ捨てる。侍女たちではない。左は膝を曲げて背丈をごまかしていたビル・エドワーズ、右は――

「遅くなりました、マイ・レディ」

マントの下から現れたのは、長身を漆黒のスーツに包みステッキまで携えた、

「シレーヌ」

服装は男性の紳士のそれでも、さすがに帽子はない。日頃は一筋の乱れもなく、王冠を思わせる形に結い上げている黒髪が、無雑作に髪留めでまとめただけのまま、肩に落ちかかっている。

ヴィクトリアの声に、身をひるがえして逃げようとしていたイサドラが足を止めた。振り返って、唇の端を弓なりに吊り上げた。

「そう。あなたが。お名前は聞いているわ、マドモアゼル」

シレーヌは無言のまま、ステッキを長剣のように構えて進み出たが、

「残念ね。やっと会えたのに、ゆっくり話す暇もないなんて」

イサドラは微笑みながら、どこかに合図するように右手を挙げた。

「またお会いしましょう、あなたとも」

「止せ。動くな」

「押さえろ、アバーライン。その女が首謀者だ！」

「馬鹿者、違う、私じゃない！」

叫んだのは、イサドラに摑みかかろうとしていたレオーネ。それを掻き消すように、どこからかドウン、という鈍い爆発音が轟《とどろ》いた。岩天井がビリビリと振動し、石のかけらが上から降ってくる。

「いやっ、崩れる！」

女の悲鳴と同時に明かりが消え、闇の中で叫び声と怒号、騒音が錯綜《さくそう》する。足音、揉み合う音、点っては消える閃光。ヒイーッという女の悲鳴。

「助けてえ。生き埋めになっちゃうッ」

「お義母様」

「奥様、どこですか、奥様あッ」

「おーい、こっち、こっちだ。大丈夫、あわてなくても逃げられる！」

ヴィクトリアは闇の中で、じっと身を固くしたままたたずんでいた。なにも見えないところで、無理に逃げ出そうとすれば、かえってつまずいたりぶつかったり、自分も他人も危険なだけだ。少し、このまま待っていよう。そう思ったのだけれど。

（なにか、起きる？……）

見えも聞こえもしなかったが、空気を走る震動を感じた。たぶん、岩盤崩落の予兆だ。岩の天井が崩落するとしたら。

（ここで、死ぬのかしら——）

心残りがないとはいわないが、嫌だ、死にたくないと絶叫するほどの気持ちにもなれない。死後の世界に確信を持ってはいないが、チャールズと再会できるなら嬉しいし、多少なりと希望を持つのは悪くないだろう。そして自分が助けを求めれば、助けようとしてだれかが動く。怪我人や死者が増えかねない。それはなにより嫌だ。

来た、と思った。息を詰めた。だが覚悟した衝撃を感ずる前に、ぐい、と肩を摑まれ、引きずられた。押しつけるようにして下に座らされ、頭からなにかが、重いほど覆いかぶさってきた。「だれ？」と声を上げようとした瞬間に、それがついに来た。間接的にではあったが、全身を打たれ気が遠くなった……

（ローズ、ちゃんと逃げられたかしら。ロンドンに戻ったらもう一度、彼女が見聞きしたことを全部きちんと聞いてあげなくては。アミーリアは？　怪我がなければいいのだけど。見えるところに傷でも残ってしまったら大変。どうかそんなことがありませんように。レオーネは、きっと大丈夫ね。彼女はわたくしよりずっと、自分の面倒は自分で見られる。でも彼女が行ってしまう前に、もう一度ゆっくり話したいわ。

レディ・ペンブルックはどうしたかしら。さっきの声はミス・ジェラルディンだと思うけど。それから、ロード・ペンブルックは？……）

ぼんやりと考えを巡らしながら、わたくしはどうしたのだろう、とヴィクトリアはいまさらのように不思議に思う。あたりは静か。そして暗い。頭をひどく打たれて、耳と目が駄目になったとか？　でも別に不安ではない。それどころかここしばらくなかったくらい落ち着いて、安らいだ気持ちさえするのはなぜかしら。寄りかかっている肩が暖かくて。

「お目覚めですか、マイ・レディ」

すぐそばからささやく声に、ほっと安堵《あんど》の息が洩れる。

「シレーヌ、入れ替わった侍女たちはどうしたの？」

「アバーラインの部下が押さえているはずです。ご心配なく」

「手と手が触れただけで、隣に来たのはあなたと気づいたから、安心して鞭を預けたの。レオーネの位置からなら届くとはわかっていたから」

「ミス・アミーリアはビルが脱出させました。他の者もほとんどは」

「それで、いまわたくしたち、どういう状況なの？」

「地下洞窟のかなりの部分が崩れて、外への通路が埋まったようです。ですが、息が詰まるほど狭くはありませんし、このまま待っていようと思いますが、どこも痛むようなところはありませんか？」

「大丈夫よ。あなたがいてくれれば、わたくしは平気。でもそれまではやっぱり、少し心細かったわ」

「遅くなりまして、申し訳ございません。いざとなれば警察を動かす必要があるとは予想していたのですが、アバーラインの上司が頭の固い愚か者で、思いの外手間取らされたのです」

「ロンドンのみんなは変わりなくて？」

「はい。今回も、チーム・ヴィクトリアは大活躍でした」

「あなたの旧友には、また迷惑をかけたようね」

「ご心配には及びません。そのためにいるような人間ですから。ですが、あれもいま少し出世してくれねば、使い勝手が悪くて困ります」

「スコットランド・ヤードを地方まで出てこさせるというのは、簡単なことではなかったでしょう？」

「アルヴァストン伯爵家の令嬢、ミス・アミーリア・クランストンの誘拐に、プリンス・オブ・ウェールズの前侍従武官でペンブルック伯爵、ギルバート・トマス・ハードウィックが関与している疑いあり、という重大事件ですから」

「イサドラは捕らえられたの？」

「いいえ。逃げられたと思いますが」

「レディ・ペンブルックたちに、問題が及ぶことはないでしょうね？」

「はい。そのためにはたぶん、ミネルヴァ・クラブに関連することは外に出ないまま、イサドラも消えてくれた方が望ましいのです。令嬢誘拐も、彼女に一方的に恋した男の愚行で犯人は死亡、ということで終わるのではないでしょうか」

「まあ、そんな都合のいい話があって？　第一だれがその場合の犯人なの？」

だがその問いに戻ってきたのは、

「マイ・レディ、話す時間、考える時間はこれからいくらでもあります。発掘隊が通路を開けるにも少しは時間がかかるでしょう。膝をお貸ししますから、それまでだけでもお休みになってください」

というやわらかなささやきで、

「だったら一刻も早くロンドンに戻りたいわ。そうでないと休んだ気になれないの。自分のベッドで寝て、リエンさんのお料理が食べたい」

子供が甘えながら駄々をこねるようにいってみる。「はい、すぐに」という答えと、髪を梳《す》く指の感触にほっと息を吐きながら、

「シレーヌ、わたくし、疫病神ね」

ぽろりと愚痴《ぐち》がこぼれた。それと同時に、涙が。シレーヌはそこに居てくれる。でも、この闇のおかげで互いの顔は見えない。だからいえる。そして、泣ける。

「わたくしの周りでは、ろくなことが起こらない。みんなに迷惑をかけてばかり。アミーリアがこんな目に遭ったのはわたくしの友達だったからだし、レディ・ペンブルックたちがイサドラに目をつけられたのも、わたくしと関わりがあったから。そしてあなたたち、わたくしに仕えてくれる人たちにも必ず累《るい》が及ぶ。わたくしのために、だれも傷ついて欲しくない。けれどこの先も、なにがあるかわからない。それがとても怖い。やっぱりわたくしは、ロンドンにいるべきではないのかしら」

胸のぬくもりに頬を預けて、ヴィクトリアは涙を流し続けた。すぐに答えは戻らなかった。ただ、髪を梳き下ろす指の動きだけが続く。それからふいに、両腕が身体に回った。しっかりと抱きしめられた。

「どうか、そんなことをおっしゃらないでください。それをいうなら私こそ、貴女につきまとう疫病神です」

声が耳元にささやく。

「でも、シレーヌ——」

「いらしてください。どこにもいかないで、どうかここに。さもなければ、私はここにはいられません。貴女でなければ、ヴィタ」……

エピローグ／されど愛《いと》しき我が家

アンカー・ウォーク六番地のテラスハウスに、穏やかな日常が帰ってきた。

そしてローズは、ハウスメイドとしての毎日の労働を満喫《まんきつ》していた。

朝はベッツィが持っている古い懐中時計にも、目覚まし屋《ノッカー・アッパー》（決められた時間に外から窓を叩いて起こしてくれる、そういう職業があるのだ）の世話にもならず起き出して、服を着て地下のキッチンまで降りていく。この家で一番早起きなのは料理人のリェンさんで、レンジにはもう火が入りお湯が沸いているので、熱い砂糖入りの紅茶を一杯もらってからお湯をバケツに入れ、掃除道具を持って、まず玄関の外階段を磨くことから始める。

夏は終わっていないので、外の水仕事も苦にはならない。棒ブラシに水と洗い粉をつけて、前の空堀《エアリア》を囲む鉄柵の埃をこすり洗い、ついでにさほど長くない袋小路の路地も掃いてゴミや馬糞《ばふん》を片付ける。外が終わったら今度は家の中だ。暖炉の大半は使われない季節で、火床の前に衝立《ついたて》を立ててあるから、一番時間と手間のかかる仕事はない。目につきやすい玄関ホールと階段は念入りな上にも念入りに、後は使われていないのも含めて他の部屋をひとつひとつ徹底的に磨き上げていく。

額縁の彫りの隅《すみ》、鏡の裏、家具の真鍮《しんちゅう》金具まで埃ひとつぶ、錆《さび》ひとかけもないくらい、ぴっかぴかに光らせて、とうとうする場所がなくなってキッチンの床まで磨こうとして。

「駄ァ目、アタシの仕事取らないでよッ」

とベッツィに抗議された。

「ローズったらいったいどうしちゃったの？　いままでだってちゃんとしてたけど、最近はそれよりもっと勤勉になっちゃって」

「だって、掃除って熱心にすればしただけ、結果が目に見えてわかるから、遣り甲斐《やがい》があるじゃない？　あたしね、ハウスメイドが自分の天職かもしれないって思うの。レディズメイドはもうこりごり」

「えー、そうなの？　マァムとずっと一緒にいられて、知らないお屋敷や初めて会う人もたくさんいて、面白いことだってあったんでしょ？　そりゃなんだか、怖い目も見たっていってたけどさ、替われるならアタシだってその動くミイラが見たかったよ」

ベッツィはツンとピンクの唇を尖らせてみせる。

「でもー、使用人ホールで出る夕食とか、全然美味しくなかったし、意地悪な侍女がいて、いやなこと、いろいろいわれたし」

「それくらいでへこたれるなってのッ」

「へこたれちゃいなかったよ。でも、ロンドンとこの家が恋しかったよ、ホント」

「アタシだって遊んでやしなかったよ。ミス・シレーヌにいわれて、ビルとあちこち聞き込みしたり、アミーリアお嬢様のアルヴァストン伯爵家まで、半日手伝いに行って噂に聞き耳立てたりもしてたんだから」

「そうだったんだ」

「うん。でもさ、そうやって走り回ってても、結局全体としてなにがどうなってるかっていうのは、さっぱりわかんないじゃない。使い走りの兵隊にはさ。だから、ローズが戻ったらいろいろ訊こうと思ってたのに」

だがそういわれても、あの事件のことは「詳しいことは取り敢えず、ベッツィにも話さないでね」と、奥様から釘を刺されていた。そして自分が出会った災難、頭から袋をかぶされて息が詰まりそうになったり、血まみれの身体の上に尻餅《しりもち》をついて悲鳴を上げたこと、そして他の悲惨な目に遭った他の人のことも、口にしたいとは思わない。

ローズが知らなかったこと、見聞きした範囲外のことについては、あらかたビル・エドワーズが教えてくれた。ペンブルック伯爵家の別邸、アルカディア・パークの地下には、屋敷の創建当初にまでさかのぼる半人工の地下洞窟があったが、それが仕掛けられていた爆薬で破壊され、少なからぬ負傷者が出たものの、死者はふたりのみ。女主人を助けようと刑事の手を振り払い、逃げ遅れたレディ・ペンブルックの侍女エディス・オブライエンと、車椅子から立つことができないまま岩に打たれたロード・ペンブルックだった。

シャルロッテと、ハウスメイドやキッチンメイドのうちの何人か、そしてイサドラと名乗っていた女は行方をくらましていた。イサドラは『ミネルヴァ・クラブ』の世話役ということで、行方不明のメイドの中の半数は彼女が連れてきた者だった。だが、フェリクス・アバーライン警部率いるスコットランド・ヤード犯罪捜査部の包囲網をすり抜けて、消えた女たちの行方は杳《よう》として知れぬまま、事件は貴族階級の人間が加害者になった場合の常として、世間にはあからさまにされぬまま葬られることになるらしい。

ただ唯一の例外はミス・アミーリア誘拐事件で、ロンドンにいてなにも知らなかったロード・アルヴァストンだけでなく、家族で大陸旅行中だった祖母のレディ・アルヴァストン、父のロード・レイバーンと再婚した妻に腹違いの弟たちの一家が急遽《きゅうきょ》帰国、息子の結婚を許さなかった老伯爵を中心にてんやわんやの大騒動を繰り広げたあげく、雨降って地固まるとでもいうか、不仲だった家族には好転の兆《きざ》しが見えているそうだ。

イサドラとの交渉はすべてレディ・ペンブルックがひとりで行っていたので、どのような経緯でミネルヴァ・クラブという秘密組織らしきものが、ペンブルック伯爵家の問題に関与するようになったかは明らかではない。夫と侍女の死を知らされたレディ・ペンブルックは、その衝撃から失神した後は、目を覚ましてからもなにも語ることができず、いまも放心状態が続いている。そしてミス・ジェラルディンが淡々と「すべての責任は私にあります」と供述をしているのだという。

『義父を殺して、その疑いをシーモア未亡人に向けるはずでした。そうなれば未亡人はイギリスにいられなくなるから好都合だろう、と。イサドラにはなにか、他の目的もあるようでしたが私たちは存じません。未亡人から呼び出しの手紙が届いたと偽って、私が一階の寝室から手を貸して図書室の回廊の椅子まで連れて行きました。目撃証人にするためにミスタ・グレンフェルに声をかけ、床に倒れていた義父の背に鎧通しを突き刺しました。力が足らなくて深くは刺せませんでしたが。

未亡人の侍女は、私に向かってミイラが動いて伯爵を落としたのだろう、と口にしたので、そこに義母が隠れていたことに気づかれたと思い、少なくとも当面は口を塞《ふさ》がなくてはと考え、時間が無かったので手荒な手段を選ぶよりありませんでした。ミスタ・グレンフェルとシャルロッテに手伝わせましたが、あの男は気絶した侍女に汚らわしい振る舞いをしようとしたので、それが到底耐えられず刺しました。私が、殺すつもりで。あの男にはもう、耐えられなくなっていたのです。紳士面の仮面で隠した、下衆でケダモノのような男。義父も同じでした。義父をこの手で殺せない分、あの男を殺したかった』

だが実際のところ、ミスタ・グレンフェルは死んでいなかった。幸か不幸か、今度もミス・ジェラルディンの力はそれほど強くなかったのだろう。出血のショックで気を失っていただけで、ローズが腹の上に尻餅をつくと、グエッと声を上げて目を覚ました。

「ミス・ジェラルディンは裁判にかけられたりしないんですか?」

ローズは尋ねずにはいられない。だってそれが本当だったら、他のことはともかくとしても、彼女はローズを守ってくれるためにその手を彼の血で汚したことになる。だがビルが「まず、そうはならないから安心しろよ」と請け合った。

「貧乏くじを引かされたミスタ・グレンフェルは気の毒だが、この事件をすっかり法廷に委《ゆだ》ねるとなると、皇太子の前侍従武官が妻の姪と不適切な関係を持っていた、という極めつきの醜聞を、あからさまにしなけりゃならなくなるからな。アルヴァストン伯爵家にしてもアミーリア嬢が無事だった上は、未婚の令嬢が誘拐されたなんてのは、なにかの間違いでしたみたいな流れでうやむやにしちまいたいはずだ。そんなわけで、アルカディア・パークでの一連の出来事はすべてなかったことになるだろうよ。

ご婦人方の身の振り方だが、伯爵の廃嫡にされた末息子がフランスにいて、画家としてそれなりに成功してるのがわかったそうだ。レディ・ペンブルックとミス・ジェラルディンの面倒はそちらで見る、ただし父親の領地と爵位は有り難くもないからご辞退申し上げるってわけで、それは伯爵が生前決めていたように娘婿の現ロード・シーモアが相続するんだろうが、めでたいといえるかどうかは微妙なところですな」

「そうね。伯爵が尋常でない死に方をしたことは、どうしてもある程度は噂になるでしょうし、第三次十字軍以来の誇り高い家名についた傷が、完全に忘れ去られるにはかなり時間がかかるでしょう」

奥様の口調も物憂《ものう》げだった。

「でもロード・ペンブルックがあそこで亡くなったのは、必ずしも、最悪とはいえないとわたくしは思うの」

「確かに、頭から岩に潰されてほぼ即死ってのは、この先何年も、病床で身動きもできないままネチネチ奥方らからいたぶられるよりは、まだましだったでしょうな」

「それにそんなことをしても、あの人たちが幸せになれたとは思えない。憎しみに囚《とら》われて、失われたもののことばかりを考えて、いまは無力な病人になった人をいじめてみたところで、過去は変えられない。そんな冥《くら》い楽しみに憑かれてこの先何年も過ごすなんて、かえって自分を傷つけ汚すことだわ」

「だけどそれじゃ奥様、ミス・ジェラルディンが伯爵に復讐したいと思ったのは、いけないことだとお考えになるんですか?」

ローズは口を挟まずにはいられなかった。

「実の娘じゃなくて、奥さんの姪で養女でも、外では立派な伯爵様で大威張りの紳士が、ちっとも悪いことも恥ずかしいこともしていないみたいな顔で、そんなことをしていたなんて、レディ・ペンブルックもわかっててただ耐えていたなんて、あたしだったら絶対我慢できません。おふたりともお気の毒すぎます」

「じゃあ、おまえさんだったらどうする?」

からかうみたいに訊いたビルの顔を睨んで、

「あたしだったら逃げ出すか、ぶん殴るか、ぶん殴ってから逃げ出すかよッ」

「そりゃいいや。さすがローズ嬢！」

手を打って馬鹿笑いするビルは、なんにもわかっちゃいない。メイドだってお嬢様だって、いつも泣かされるのは女、泣かせるのは男だ。でもあたしは、帽子と手袋がなければ外に出られないお上品な淑女じゃないから、いやなことは我慢しないでいやだってわめくし、裸足《はだし》でもかまわずに走って逃げ出すんだ。そうしたら笑い止《や》んだビルが、

「健全だよ、おまえさんは。それでいいんだ」

妙にしみじみした調子でいう。

「我慢ってのは必要なときもあるが、我慢しすぎは身体にも心にも悪い。病気になるほど我慢して、挙げ句の果てになにもかもなくしちまっちゃどうもならんよ」

よくわからないのでビルは放っておいて、ローズは奥様の方に向き直る。

「奥様はわかっておいでだったんですか？　ミス・ジェラルディンが伯爵に、そういうことをされていたって」

「わからなかったわ。考えたくなかった、というのが正直なところかしら。でも伯爵の寝室だけが一階にあって、夫人は二階に寝ていて、ミス・ジェラルディンが伯爵の不在に気づいたというのを聞いて、そうかもしれないと思い始めたの」

「あたしもわかりませんでした。途中でなんか変だなとは思ったんだけど、変だなと思うことは他にもいろいろあって、あのイサドラが化けていたメイドのこととか。でも、それが全然うまく繋がらなくて」

「それはわたくしも同じ。そのせいで考えをまとめるのに時間がかかりすぎて、ローズにも怖い思いをさせてしまったわね」

そんなのはちっともかまわない。大した怪我もしなかったし。でもそれより、

「あの、奥様はあの人のこと、知っているんですか？」

「イサドラを？」

「はい。あたし、あの人、なんだか怖くて」

モーリスたちに助けられてから、あの地下洞窟での様子は物陰から隠れて見聞きしていた。メイドのモブキャップと仮面の下から現れたのは、まるで作り物みたいにきれいな顔だった。だけど血が通っているようには見えなくて、それが奥様とは旧知の仲みたいな、変に馴れ馴れしい話し方をするのを聞いて、背筋を真冬の風に打たれたみたいにぞっとしたのだ。

「前に一度会ったことがあるだけよ。油断できない危険な存在ではあるにしても、誰彼かまわず嚙みついてくるようなことはないはずだから、その点は心配要らないわ。彼女が狙いをつけているのは」

そこまでいって、けれど奥様は軽くかぶりを振って先を続けるのを止めてしまう。でもローズは、奥様がその後なんといおうとしていたか、わかると思った。『彼女が狙いをつけているのは——わたくしだから』と。ローズがぞっとしたのも、まさしくそのためだった。あの女、イサドラが微笑みながら奥様の手を取ってどこか、ここではないところに連れて行こうとしている。そして奥様はそれきり戻ってこない……

そんな馬鹿な話はない、とは思う。だけどいま目の前で、デスクに片肘をついていつになくたゆげに微笑んでいる奥様を見ると、胸に不安がこみ上げてくる。あの館から戻って以来、奥様の顔にはこれまで見ていない愁《うれ》いの影が刷《は》かれて取れない気がするのだ。初めはお疲れが残っているだけだと思ったけど、あれからもう半月は経っている。

ローズが訊くとベッツィも、

「確かにマァム、なんとなく元気がないよねえ」

と顔をしかめながらうなずいた。

「こないだミス・コルシが来たときは、元気になったかなあって思ったんだけど」

またアフリカ大陸に向かって旅立つ前に、別れをいうためにやってきたミス・レオーネ・コルシを迎えて、その晩は使用人一同も顔を揃え、女性旅行家の語る冒険譚を聞かせてもらうことができたのだった。ベッツィはすっかり夢中になって、志望の菓子職人を旅行家に変更するか本気で悩んだほどだ。

「もしかしたらマァムも、旅行に出たら元気になるかもしれない」

「えっ、そうかなあ」

「ミス・コルシがいってたよ。女性の旅行家って、結構身体に病気があったりして、転地のつもりで出かけたのが旅のきっかけになる人が多いんだって。すごい未開の土地で、満足なベッドもない、馬車もない、粗末で食べ慣れない味の食べ物しかなくて、お茶も飲めないみたいな旅をしてると、逆に元気になって、イギリスに帰ってくるとまた具合が悪くなったりするって。不思議だけど、そういうのってあるらしいよ」

「うーん。でも奥様は、リェンさんの料理を恋しがっていたしなあ」

「だからそのときはもちろん、リェンさんも行くんだよ。っていうか、当然アタシもついてくし、他のみんなも絶対一緒だと思うけど、ローズは留守番がいいの？」

「えーっ、そんなあ！」

正直に本当の気持ちをいえば、知らない国を見たいという気持ちはベッツィほど強くないと思う。鰐《わに》も河馬《かば》もコブラも怖い。一日で真っ黒に日焼けする太陽も怖い。ことばの通じない異国人の中に交じって、そこでなにが待っているのかと思えば、わくわくするより不安になってしまう。だけど奥様と他のみんなが旅立った後、このテラスハウスでひとり家守りをすることを考えたら、そんなのいくらなんでもさびしすぎる。きっといやってほど後悔するだろう。

「行く気になった？」

「うん。でも、きっとあたし、みんなのお荷物になっちゃうよ」

「そんなのー」

ベッツィはけらけら笑い出した。

「心配することないじゃん。みんな一緒なんだもの、できないことはきっとだれかが手を貸してくれるから。つまりロンドンの我が家ごと、旅に出るのと変わらないよ」

あ、そうか。ローズはぽかんと口を開けた。あたしはいつの間にか思い違っていたけど、我が家っていうのはこの建物のことじゃないんだ。奥様を取り巻いてミスタ・ディーンがいて、ミス・シレーヌがいて、モーリスがいて、リェンさんにベッツィ、そして自分がいる。それが《我が家》だ。ローズがこの家を磨いて嬉しいのも、別に建物が愛しいからではない。みんながいる場所だからだ。奥様がアメリカに帰るかもしれないと聞いたときは動揺したけど、みんなが一緒ならローズもきっと平気だろう。

そう思ってから、ふるさとの家族の顔を思い浮かべて、心の中で「ごめん」と謝る。いまのローズにとって、一番の我が家はもうふるさとではなく、ロンドンで出会ったこの家の人たちになってしまった。もちろん血の繋がった家族は家族だけれど、列車で半日のいまより遠く離れることになるとしても、繋がりが切れるわけじゃなし、それを理由にこちらの我が家から離れる気にはならない。

「きっとミス・コルシもね、エジプトかどこかにそういう《我が家》が待っているんだと思うよ」

　ベッツィが思いがけないことをいう。

「えっ、そんな話してたの？」

「ちょっとだけ。アタシがね、ミイラ見られなくて残念でしたっていったんだよ」

「あ、うん。エジプトに持って帰るんで、もう荷造りして船に積んじゃったっていってたものね」

「そう。それでアタシが訊いたんだ。どうしてそのミイラをエジプトに戻すことにしたんですか？　って。そうしたら、向こうで会った人にいわれたんだって。思い出してください。ミイラは人間です。石の彫像でも骨董品でもありませんって。そんな当たり前のことを忘れていた自分にびっくりして、すっごく恥ずかしくなった。

　現地の人に対して、主人面でえらそうにしてる白人には腹が立っていたのに、自分もそういうのとちっとも変わらなかったと思い知って、その人に向かって心の底からお詫《わ》びした。それで、今度この国に帰ってくるときには、自分が送り出したミイラを見つけて持ち帰りますって約束したんだって。それからずっと気にしていて、元の棺は無くなっちゃったけど、ミイラは無傷で取り戻せた。これでやっと帰れる、その人とも再会が叶うんだって、すごく嬉しそうだった」

ミス・アミーリアがミイラの解包を見たいといったときの、ミス・コルシの怒りの表情を思い出す。令嬢の歓心を争って勝手に包帯に手をかけそうな紳士ふたりを前に、彼女は殴り合いも辞さないとさえ見えた。ミス・コルシにとってあのミイラは、骨董品どころか知らない古代人の遺体以上の、約束のしるしだったんだ。

「その人ってミス・コルシの恋人なのかな」

「アタシ、その話の続きも少しだけ知ってる」

「えっ、どうして?」

ベッツィはちょっとばつが悪そうにいい淀んだけれど、

「わざとじゃないけど、マァムとお話ししてるの、立ち聞きしちゃったから」

わざとじゃないかどうかは怪しいけど、いまは追及する場合じゃない。

「聞かせてよ。内緒にするから」

「じゃあ話すから、アタシにわかんなかったところ教えてよ。ミス・コルシはね、今回のご招待には裏があるってわかっていたのに、マァムに教えなかったことを謝ってた。最初に話を持ってきたのはシャルロッテで、ミス・コルシがミイラを取り戻したがってるのを知ってて、協力しないとミイラを壊してしまうって脅されたんだって」

ミス・コルシが弱みを握られて脅迫されたっていうのは、そういう意味だったんだ、とローズは腑《ふ》に落ちた思いでうなずいたが、

「シャルロッテってだれ。マァムになにがあったの？　ミス・アミーリアが誘拐されかけたっていうけど、それとマァムがどんなふうに関わってるの？」

だってそれは奥様が、話さないでっていわれるんだから。といっても、ベッツィは一向に納得してくれそうになかったから、

「つまり、それはね、あれだよ。『怒れる復讐の女神同盟』」

「ええっ？」

「そういう秘密結社の陰謀だったの。シャルロッテは同盟のスパイで、別邸は秘密結社のアジトで。ミス・アミーリアはなにも知らないまま陰謀に巻きこまれて、悪い伯爵は成敗されたけど、奥様やミス・コルシは、主旨は正しくとも手段には賛成できませんっていって、取り敢えず事件は世の中には知られないままに大団円」

呆れ顔で目を丸くしたベッツィは、ぷーっと吹き出した。

「もう、ローズったら、あれはお話の中のことに決まってるじゃない！」

「で、でもさあ――」

気がついたらあたし、かなり本当のことをしゃべっちゃったんだけど。

「そんな秘密結社がほんとにあったらいいけど、そうはいかないもんだよね。世の中ってのは他人様には頼らずに、アタシらが地道に変えていくしかないのさ。そうすりゃやがて朝が来る。二十世紀も目の前だもんねッ」

パーン、と背中を叩かれた。痛いよお。

「まあいいってば。みんな無事で戻ってきたんだし、後はマァムが元気になってくれればアタシは満足さ。さてっ、今夜用のデザートを作るぞ。ブラック・チョコレートとバターにコアントローを効かせたガトー・ショコラだ。干し葡萄《ぶどう》と細かくしたクルミもたっぷりで、真ん中に柔らかな部分を少し残す焼き加減がポイント。添えるのは温かいクレーム・アングレーズ。ううっ、最高！」

「えっ、今夜？　今夜はお客様があるの？」

またまた呆れ顔をされてしまった。

「ローズ、ぼけてるね。お昼のときにミスタ・ディーンがいったじゃん。今夜は奥様からみんなにお話があるから、夕食《サパー》は奥の正餐室《ダイニングルーム》で一同揃っていただくことになります。そのつもりでご婦人方もエプロンとキャップは外し、服装も整えて八時に集合って。だから、お給仕役はなしだけど結構なご馳走《ちそう》になるよ」

あ、そうだ。うっかりしてた。

「でも、奥様のお話ってなんだろう」

そんなのわかるわけない、とかぶりを振りかけたベッツィは、

「もしかしてやっぱり、アフリカかな」

「うん……」

「だったらどうする、ローズは？」
「それは、行くよ、もちろん」
「だよねー。そうこなくっちゃ！」

どきどきしながら待ち受けた夕食には、なぜかスコットランド・ヤードのアバーライン警部と、ピンカートン探偵社のウィリアム・エドワーズまで招かれていて、これは間違いなくなにか重大発表があるんだと思って、ローズはいよいよ胸がどきどきした。

ローズとモーリス、ベッツィにリェンさんがそれぞれ、取り分ければそのまま食べられるカナッペやサンドイッチ、鴨《かも》のパテ、葡萄の葉の詰め物《ドルマ》、小さな半月形に焼いた小エビのオムレツなどを載せた皿を持って正餐室に入り、それを順にテーブルに置いてから椅子にかけた。きれいに畳んだナプキンと銀のフォークやナイフ、大小の皿にグラスのセットはすでにそれぞれの席の前に用意されている。最後にミス・シレーヌを従えた奥様が入ってこられて、暖炉を背にした席に着かれると、シャンパンのボトルを手にサーブして回ったミスタ・ディーンが、

「軽い慰労会という趣向でございますそうで、私も失礼いたします」

真面目《まじめ》な顔でいって、ふたりのお客と次いで奥様に会釈すると、音ひとつ立てずに奥様の右手の席に着いた。

「少しばたばたしたことが続いたので、お世話になったおふたりも招いての、お疲れ様の会というのはことばどおりなのだけれど、ひとつ発表があります」

さあいよいよだ、とローズは息を呑む。奥様のお顔の表情が、ここのところないくらいご機嫌に、楽しそうに見えるのは安心材料だけれど、でもそれはやっぱり、アメリカに行くとかエジプトに旅立つとか、そういう意味なのかな。

「といっても、わかるかしら。そう、わたくしの今夜の装い、あんまり夕食の時間にふさわしいとはいえないと思うけど、これを見たら？」

確かに奥様が着ている襟元の詰まったフリルのある白いブラウスに、襟付きのウールのジャケットは、夜の服装というより昼間の、それも屋外のスポーツ着風だ。エジプト旅行に向いているかどうかまではわからないけど。

奥様はサッと立ち上がって、ジャケットの共布《ともぎれ》のウェストに手をやる。すると床に着くほどの長さのあったスカートが、一枚の布になって脱げ落ちたではないか。素早く視線を逸らしたのはアバーライン警部で、「おおっ」といいながら身を乗り出したのはビル。ただし、ミス・シレーヌの冷ややかな一瞥《いちべつ》を浴びて、あわてて亀みたいに首を引っこめた。

もちろんスカートの下に着ているのはアンダーウェアではなく、同じウール地のゆったりとしたラインのニッカーボッカーズだけど、丈はふくらはぎの途中までしかない。白い靴下に包まれた、ほっそりした足首もすっかり見えてしまう。

「わかった！」

声を上げたのはモーリスだった。

「マダム、自転車に乗るんでしょう？」

「はいご名答。この秋、わたくしヴィクトリアはサイクリストたるべく、日々訓練を積む予定です。他に希望者は？」

「アタシ！」

「あの、あたしもいいですか？……」

ベッツィに続いてローズもおずおずと手を挙げ、ミスタ・ディーンが「結構でございますね」とうなずくのに、リエンさんが「楽しそうです」と目を細めながら声を揃える。

「ですが、事故にはくれぐれもご用心遊ばして」

いったのはミス・シレーヌ。

「あらシレーヌ、あなたは来ないの？」

「どうしてもということでしたら、おつきあいいたしますが」

「そうよ。きっとあなたの方が似合うわよ、このコスチューム」

「いや、そりゃますます危ないなあ。ロンドンの真ん中をこんな美女の脚線美集団に駆け抜けられたら、どんな騒ぎが起こるか知れないぜ。そこら中で二輪馬車《ハンサム》や乗合馬車《オムニバス》やらが衝突する、大惨事にもなりかねん。なあ、警部？」

「確かに、市内中心部での路上練習はお慎みいただきたいですな、レディ方」

「わかっていますよ。わたくしだってまさか、人と馬車でごったがえすシティに自転車を乗り入れようとは思いません。最初はハムステッド・ヒースあたりまで遠征して、柔らかい芝地の上で、思い切り倒れたり転んだりするわ。モーリス、指南役をお願いね」

「了解、マダム！」

「そうして上手に乗れるようになったら、みんなしてどこか気持ちのいい郊外に出かけて、思いっきり自転車を飛ばしましょうよ。きっと、背中に羽根が生えて、空を飛んでいるような気分になれるわ。楽しいと思わない？」

「思う。すっごく思う！」

ベッツィが弾んだ声を上げたけれど、アバーライン警部が問う。

「しかし年々普及しつつあるとはいうものの、女性サイクリストの数はまだ少ない。加えてその斬新なお衣裳となれば、当然ながら世間の耳目を集めることになるのは予想されます。これまで社交界と接触なさらず、このチェルシーで一種隠者のようにお暮らしだった貴女《あなた》は、今後生き方を変えられるおつもりですか？」

その物思わしげな視線を真っ直ぐに見返して、奥様はうなずいた。

「ええ、そのつもりよ」

「理由を、うかがってもよろしいでしょうか」

「これからも、いわゆる社交界に出るつもりはないわ。きれいなドレスや宝石で重たいほど着飾って、しずしずと舞踏会場を行き来する。扇の陰で交わされる笑いと目配せ、気の利いた、でも空疎な会話。昔もいまも、わたくしの興味はそこにはない。だからわたくしは平気で隠者になれた。自分の好きなものだけに囲まれて、自分を受け入れてくれるあなたたちに守られて。それがいつの間にか、臆病者《おくびょうもの》が身を守る砦《とりで》になっていたと気づいたの。なにをそんなに恐れていたのかしら。わたくしを縛っているのはわたくし自身。わたくしは自由。なんでもできる。それがどれだけ素晴らしいか。

けれどそんな楽しさを、想像もできなかった人たちがいる。魂にコルセットをつけさせられたように、身体よりも心が縛られて、抜け出せないまま押し潰されていく。そこから逃れるために自分を壊し、すべてを捨てるしかなくなったあのひとたち。強者の論理だと非難されて、わたくしは答えられなかった。

もちろんわたくしは大して強くはない。すべてはわたくしを守ってくれるあなたたちのおかげ。だから思うの。幸せになれずに倒れたあのひとたちの分も、自由の喜びを存分に味わうのが、いまを生きているわたくしたちの権利というより、むしろ義務ではないかしら。気づかずにうなだれている人たちに見せてあげるの。生きるって素晴らしい、それは決して特別な人だけのものじゃない、いつかみんなのものになる、ならなけりゃいけないんだってことを」

席に着いた一同はそのまま少しの間、奥様のことばに思いを馳《は》せる風だったけれど、

「乾杯、しませんか」

アバーライン警部が立ち上がって、顔の前にシャンパンのグラスを掲げた。

「心よりの敬意を、私たちのレディ・ヴィクトリアに」

「おっ、いいね。心よりの敬意を！」

ビルが負けじと声を張り上げ、ローズにベッツィ、ミスタ・ディーンに、モーリスにリエンさん、ミス・シレーヌも唱和する。

「私たちのレディ・ヴィクトリアに」

奥様が続けた。

「そしてわたくしをささえてくれる、あなたたちみんなにも」

「乾杯《トウスト》！」

第四巻・了

あとがき

『レディ・ヴィクトリア』第四巻である。

ヴィクトリア時代後期の女性問題は、絶対に取り上げなくてはならないと最初から考えていた。ただしこれも、エンターテインメント小説の文庫一冊で取り上げるには手に余ること間違いなしの、大きなモチーフであるとは承知している。

十九世紀のイギリスは、文筆によって生計を立てるプロの女性作家が生まれた時代だった。学校教育の普及は識字率を高め、メイドから中産階級の女性までが愛読する「ガールズ・オウン・ペーパー」や、労働者階級向けの「プリンセス・ノヴェレット」など、一ペニーで買える週刊誌が人気を集めた。前者は連載小説の他、家事、美容、健康などの実用記事や博物学的記事も載せた啓蒙《けいもう》的総合誌だが、後者は扇情的ロマンスの読み切り小説に王室情報などを載せた女性のための大衆小説誌で、女性作家の活躍の場でもあった。またこの時代には、一昨年日本でも展覧会が開かれた女性写真家ジュリア・マーガレット・キャメロンや、造園家ガートルード・ジキルなど、創造的な専門家として社会で活動した女性が現れたことも忘れられない。

それまでの女性を規定していたさまざまの要素が、少しずつ変わりかけていた。女性参政権を求める運動の芽生《めば》えがあり、自転車の機能が改良されて女性にもサイクリング・ブームが訪れた。十九世紀末のイギリス社会を背景に、リアルなメイド女性と上流階級の青年のロマンスを描いた長編マンガ『エマ』（森薫《もりかおる》　エンターブレイン）でも、最終巻では恋人とサイクリングを楽しむヒロインに、彼女の解き放たれた心が表現されて、忘れがたいエピソードとなっている。

ただ、本シリーズは一八八〇年代を舞台にしているため、細かな史実に照らすと時代とは一致しない。自転車の広範な流行は一八九〇年代からであり、女性用のニッカーボッカー風サイクリスト・パンツが見られるようになったのもこの時代、女性参政権運動の高まりは二十世紀に入ってからである。

アフリカやアジア、北米大陸などに、ほとんどの場合単独で出かけていく女性旅行家、いわゆるレディ・トラベラーを輩出したのもこの時代で、作中で話題に挙げたイザベラ・バードは日本へもやってきた。『世界を旅した女性たち　ヴィクトリア朝レディ・トラベラー物語』（D・ミドルトン　佐藤知津子《さとうちづこ》訳　八坂書房）には、彼女の他にも王立植物園《キューガーデン》に植物画のギャラリーを残したマリアンヌ・ノースや、夫とともに自転車でインドを縦断したファニー・バロック・ワークマン、西アフリカを旅し、人食いの民といわれていたファン族と交流したメアリ・キングズリらの、多様な生き方が詳述されている。

女を巡る問題は、過去と現在を比較してみても変化せぬ部分が大きい。最近、母親の自己放棄と子供への献身を理想化した歌が、「そのようなもの」として母を型に嵌《は》める呪詛《じゅそ》だと強い反発を受けているというニュースを読んで、《家庭の天使》こそ理想の主婦とされたヴィクトリア時代と、どれだけ変わったのだろうと嘆息したくなったものだ。《家庭の天使》とは、貞淑なる妻にして慈悲深き母として家庭を守ることこそ女の本分、そうして生きる女こそ天使であるという意味だが、いうまでもなくその神聖化理想化は、一方的に負担を強《し》いられる女性たちをごまかす罠《わな》であり詐術である。我が母の愛の追憶に感傷の涙を流すのは個人の勝手だが、それをあたかも普遍の真理のごとく垂れ流すのは害毒以外のなにものでもない。

ミイラ解包《かいほう》パーティという仰天のことばと出会ったのは『アレクシア女史、飛行船で人《じん》狼《ろう》城を訪《おとな》う』（ゲイル・キャリガー　川野靖子《かわのやすこ》訳　早川書房）という小説の中で、「いまロンドンでとてもはやっているの」「ああ、楽しみだわ」なんて会話が、説明抜きで出てくる。話は吸血鬼や人狼が人間と共存するスチームパンクものだが、風俗描写はヴィクトリア朝のそれにのっとっているので、レディたちがミイラの包帯解きを見たがって、きゃあきゃあいうのも当時の風潮として不思議ではないらしい。あわてて考古学の本をひっくり返してみたら、本当に一時期見世物として大いに流行したとあった。

ロンドンに取材旅行をしたとき、大英博物館でちょうどＣＴスキャンを駆使したミイラの特別展が開かれていた。ガラスケースに収められたミイラの横には、スキャニングされた立体映像が出ていて、ボタンを動かすと回転したりする。いまやミイラの素顔を覗《のぞ》き見るのに、包帯を解く必要はなくなったのだ。だがそうして晒《さら》された人間の亡骸《なきがら》は、やはり無惨で、諸行無常の感を抱かずにはおれない。

ヴィクトリア時代における古代エジプト要素の普及については、ミイラが登場するコナン・ドイルの作品があることを、シャーロキアンの関矢悦子《せきやえつこ》さんからご教示いただいた。ホームズものではないが、「競売ナンバー二四九」というホラーに、呪文《じゅもん》を唱えると起き上がってきて人を襲うミイラが出てくる。もうひとつ、「トトの指輪」は時を超えた恋愛ものでロマンティック。そして前者に登場するミイラは変色した顔や黒い髪、皮膚の張り付いた肋骨《ろっこつ》が描写されていて、つまり素裸、解包済みである。

包帯を解くのは主に、その中から金や宝石の護符を見つけるためで、スペクタクルな見世物である解包が終わると、残されたミイラはろくに顧みられなかったというから、格安で学生でも競《せ》り落《お》とせたのだろうが、ちょっとそれはひどくないですかといいたくなる。もっと昔は擂《す》り潰されて万病の薬として飲まれたそうで、それも嫌だけどね。そして現代の大英博物館でも、常時公開されている一般展示のミイラ室はなぜか常に混んでいて、特に子供たちがガラスケースに張り付いて歓声を上げている。

最後にシリーズの今後について。

全五巻という編集部のオーダーで始めたシリーズだが、書きたい物語が膨らんで五巻では到底収まらなくなってしまったので、続きは別の形で書ければと考えている。残念ながら詳細は未定。

というわけで、講談社タイガでの最終巻は、これまでほとんど触れられないできた謎の執事ミスタ・ディーンをメインに、彼と前シーモア子爵、いまは亡きレディ・ヴィクトリアの最愛の人、チャールズ・シーモアとの出会い、年齢も氏育ちも違うふたりの男の間に信頼の絆《きずな》が結ばれるに至る経緯、若きヴィクトリアを交えての旅の日々から、子爵が彼に後事を託して没するまでの物語とすることにした。

どうぞご期待ください。

篠田真由美

公式サイト　木工房風来舍&篠田真由美ｏｆｆｉｃｉａｌ
http://www.maroon.dti.ne.jp/furaisya/
ブログ　篠田真由美お仕事日誌
http://kama-wanu.jugem.jp/

参考文献（前巻までと重複するものは省いています）

古代エジプト探検史　ジャン・ベルクテール著　吉村作治監修　福田素子訳　創元社
ミイラの謎　フランソワーズ・デュナン　ロジェ・リシタンベール著
吉村作治監修　南条郁子訳　創元社
ミイラ全身解剖　ロザリー・デイヴィッド　リック・アーチボルド著　吉村作治監訳　講談社
エジプトミイラの話　M・M・ペイス著　清水雄次郎訳　弥呂久
図説　王家の谷百科　ニコラス・リーヴス　R・H・ウィルキンソン著　近藤二郎訳　原書房
図説　英国社交界ガイド　村上リコ著　河出書房新社
図説　イングランドのお屋敷　カントリー・ハウス　トレヴァー・ヨーク著　村上リコ訳　マール社
図説　英国のインテリア史　トレヴァー・ヨーク著　村上リコ訳　マール社
ロンドンの見世物　I〜III　R・D・オールティック著　小池滋監訳　浜名恵美他訳　国書刊行会
ヴィクトリア朝英国人の日常生活　上・下　ルース・グッドマン著　小林由果訳　原書房
レディーの赤面　坂井妙子著　勁草書房
図説　西洋甲冑武器事典　三浦權利著　柏書房
アガサ・クリスティーの晩餐会　アンヌ・マルティネッティ　フランソワ・リヴィエール著
大西愛子訳　早川書房

ガールズ・オウン・ペーパー　復刻版　別冊解説　川端有子監修・解説　ユーリカ・プレス
プリンセス・ノヴェレット　復刻版　別冊解説　川端有子監修・解説　ユーリカ・プレス

The English Country House Explained　Trevor Yorke　Countryside Books
British Interior House Styles: An Easy Reference Guide　Trevor Yorke　Countryside Books
Ancient lives new discoveries: eight mummies, eight stories
John H. Taylor, Daniel Antoine　The British Museum

シャーロック・ホームズの世界　サイト　http://shworld.fan.coocan.jp/

〈著者紹介〉
篠田真由美（しのだ・まゆみ）
1953年、東京都本郷生まれ。早稲田大学第二文学部卒業。専攻は東洋文化。91年『琥珀の城の殺人』が第二回鮎川哲也賞の最終候補となり、翌年、東京創元社より刊行。「建築探偵桜井京介の事件簿」シリーズで人気を博する。「黎明の書」シリーズほか著作多数。

レディ・ヴィクトリア
謎《なぞ》のミネルヴァ・クラブ

2018年6月20日　第1刷発行　　定価はカバーに表示してあります

著者……………………篠田真由美《しのだまゆみ》

発行者……………………渡瀬昌彦
発行所……………………株式会社 講談社
〒112-8001 東京都文京区音羽2-12-21
編集03-5395-3506
販売03-5395-5817
業務03-5395-3615

本文データ制作……………講談社デジタル製作
印刷……………………豊国印刷株式会社
製本……………………株式会社国宝社
カバー印刷………………慶昌堂印刷株式会社
装丁フォーマット…………ムシカゴグラフィクス
本文フォーマット…………next door design

ISBN978-4-06-511818-4　N.D.C.913　306p　15cm

講談社
タイガ

レディ・ヴィクトリア シリーズ

篠田真由美

レディ・ヴィクトリア
ロンドン日本人村事件

イラスト
下村富美

ミカドの持ち物だったと騙《かた》る「翡翠《ひすい》の香炉」詐欺《さぎ》。日本人村の火災と焼け跡から発見された死体。そして記憶喪失の日本人青年。

日本趣味《ジャポニスム》が人気を集めるロンドンで起きた日本に関連する三つの事件にレディ・シーモアとチーム・ヴィクトリアの面々が挑む。

ヴィクトリア朝のロンドンを舞台に天真爛漫《てんしんらんまん》なレディと怜悧《れいり》な男装の麗人、やんちゃな奉公人たちが活躍する極上の冒険物語。

講談社タイガ

アイダサキ

サイメシスの迷宮

完璧な死体

イラスト
ヨネダコウ

　警視庁特異犯罪分析班に異動した神尾《かみお》文孝《ふみたか》は、協調性ゼロだが優秀なプロファイラー・羽吹《はぶき》允《みつ》とコンビを組む。羽吹には壮絶な過去があり、経験したものすべてを忘れることができない超記憶症候群を発症していた。配属初日に発生した事件の死体は、銀色の繭に包まれた美しいともいえるもので、神尾は犯人の異常性を感じる。羽吹は「これは始まりだ」と第二、第三の事件を予見する。

講談社
タイガ

荻原規子

エチュード春一番

第二曲　三日月のボレロ

イラスト
勝田 文

パピヨンの姿をした八百万《やおよろず》の神・モノクロと暮らして四ヵ月。祖母の家に帰省した美綾《みあや》は、自身の才能や適性を見出せず、焦燥感を抱いていた。東京へ戻る直前、美綾は神官の娘・門宮弓月《かどみやゆづき》の誘いで夜の氷川《ひかわ》神社を訪れ、境内で光る蛇のビジョンを見る。それは神気だとモノクロは言う。美綾を「能力者」と認識した「視える」男、飛葉周《ひばしゅう》は彼女につきまとい、仲間になるよう迫る。

講談社タイガ

風森章羽

水の杜《もり》の人魚

霊媒探偵アーネスト

イラスト
雪広うたこ

喫茶店《リーベル》店主の佐貴《さき》には変わった友人がいる。誰もが息を呑む美貌の青年、アーネスト・G・アルグライト。名門霊媒師一族の末裔だ。店には霊にまつわる相談事を持って訪れる客が後を絶たない。取り壊しを控えたアパートの大家が持ち込んだのは、一夜を明かした人間に必ず同じ「池の夢」を見せる部屋の謎。現場で二人が目にしたのは、気を失っている美少女で……⁉

講談社タイガ

異端審問ラボシリーズ

高里椎奈

異端審問ラボ

魔女の事件簿1

イラスト
スオウ

栄養科学研究所《ラボ》に配属された千鳥《チドリ》は、言語学研の鳶《トビ》、考古学研の鶫《ツグミ》とともに、研究室で起きた殺人未遂事件を偶然目撃してしまう。この一件を発端に次々と起こる——書庫の放火、連続通り魔事件に巻き込まれていく千鳥たちは「一冊の文献」と「植物の化石」を手に入れることに。三人は化石をめぐる実験をはじめるが……。「知」への好奇心が異端にふれ、禁断の扉が今ひらかれる！

講談社タイガ

異端審問ラボシリーズ

高里椎奈

異端審問ラボ

魔女の事件簿3

イラスト
スオウ

千鳥《チドリ》と鶫《ツグミ》、鳶《トビ》の変わり者研究者たち三人が、この世界の禁忌『封じられた過去』へ近づくほどに、周囲で発生する不穏な事件。〈遺跡を暴くと呪われる〉という言葉をなぞるように、考古学研究所の発掘作業中に一人の人物が忽然と姿を消し、さらに鳶には密売容疑がかけられる。友人の嫌疑を晴らすため、千鳥たちは危険な捜査に乗り出すが……。世界の真実が明かされるシリーズ第三弾！